Álbum de familia

Novela

Biografía

Rosario Castellanos nació en la Ciudad de México el 25 de mayo de 1925. Es una de las autoras mexicanas más importantes cuya obra abarcó prácticamente todos los géneros: poesía, ensayo, teatro, relato y novela. Su infancia y adolescencia transcurrieron en Comitán, Chiapas, lo cual marcó profundamente su vida y literatura. Posteriormente estudió la licenciatura y maestría en Filosofía y Letras en la UNAM, y estudios de posgrado en la Universidad de Madrid. Fue profesora en varias instituciones educativas en México y el extranjero, colaboradora de Excélsior y otras publicaciones. Además de ser uno de los íconos del feminismo latinoamericano, su labor literaria obtuvo importantes reconocimientos, como el Premio Chiapas por *Balún Canán* (1958), el Xavier Villaurrutia por *Ciudad Real* (1961), y por *Oficio de tinieblas* el Sor Juana Inés de la Cruz (1962), el Carlos Trouyet (1967) y el Elías Sourasky de Letras (1972). Murió en Tel Aviv, Israel el 7 de agosto de 1974.

Rosario Castellanos
Álbum de familia

Bajo el sello editorial BOOKET M.R.
Avenida Presidente Masarik núm. 111,
Piso 2, Polanco V Sección, Miguel Hidalgo
C.P. 11560, Ciudad de México
www.planetadelibros.com.mx

Diseño de portada: Diseño & Arte Planeta / Christophe Prehu
Fotografía de portada: © iStock

Primera edición en formato epub: febrero de 2013
ISBN: 978-607-07-1572-3

Primera edición en Serie El Volador: 1971
Primera edición impresa en México en Booket: marzo de 2020
Tercera reimpresión en México en Booket: junio de 2025
ISBN: 978-607-07-6368-7

Impreso en los talleres de Impregráfica Digital, S.A. de C.V.
Av. Coyoacán 100-D, Valle Norte, Benito Juárez
Ciudad de México, C.P. 03103
Impreso y hecho en México –*Printed and made in Mexico*

Para Raúl Ortiz

Lección de cocina

La cocina resplandece de blancura. Es una lástima tener que mancillarla con el uso. Habría que sentarse a contemplarla, a describirla, a cerrar los ojos, a evocarla. Fijándose bien esta nitidez, esta pulcritud carece del exceso deslumbrador que produce escalofríos en los sanatorios. ¿O es el halo de desinfectantes, los pasos de goma de las afanadoras, la presencia oculta de la enfermedad y de la muerte? Qué me importa. Mi lugar está aquí. Desde el principio de los tiempos ha estado aquí. En el proverbio alemán la mujer es sinónimo de Küche, Kinder, Kirche. Yo anduve extraviada en aulas, en calles, en oficinas, en cafés; desperdiciada en destrezas que ahora he de olvidar para adquirir otras. Por ejemplo, elegir el menú. ¿Cómo podría llevar al cabo labor tan ímproba sin la colaboración de la sociedad, de la historia entera? En un estante especial, adecuado a mi estatura, se alinean mis espíritus protectores, esas aplaudidas equilibristas que concilian en las páginas de los recetarios las contradicciones más irreductibles: la esbeltez y la gula, el aspecto vistoso y la economía, la celeridad y la suculencia. Con sus combinaciones infinitas: la esbeltez y la economía, la celeridad y el aspecto vistoso, la suculencia y… ¿Qué me aconseja usted para la comida de hoy, experimentada ama de casa, inspiración de las madres ausentes y presentes, voz de la tradición, secreto a voces de los supermercados? Abro un libro al azar y leo: "La cena de don Quijote." Muy literario pero muy insatisfactorio. Porque don Quijote no tenía fama de gourmet sino de despistado. Aunque un análisis más a fondo del texto nos revela, etc., etc., etc. Uf. Ha corrido más tinta en torno a esa figura que agua debajo de los puentes. "Pajaritos de centro de cara." Esotérico. ¿La cara de quién? ¿Tiene un centro la cara de algo o de alguien? Si lo tiene no ha de ser apetecible. "Bigos a la rumana." Pero ¿a quién supone usted que se está dirigiendo? Si yo supiera lo que es estragón y ananá no estaría consultando este libro porque sabría muchas otras cosas. Si tuviera usted el mínimo sentido de la realidad debería, usted misma o cualquiera de sus colegas, tomarse el trabajo de escribir un diccionario de términos técnicos, redactar unos prolegómenos, idear una propedéutica para hacer accesible al profano el difícil arte culinario. Pero parten del supuesto de que todas estamos en el ajo y se limitan a enunciar. Yo, por lo menos, declaro solemnemente que no estoy, que no he estado nunca ni en este ajo que ustedes comparten ni en ningún otro. Jamás he entendido nada de nada. Pueden ustedes observar los síntomas: me planto, hecha una imbécil, dentro de una cocina impecable y neutra, con el delantal que usurpo para hacer un simulacro de eficiencia y del que seré despojada vergonzosa pero justicieramente.

Abro el compartimiento del refrigerador que anuncia "carnes" y extraigo un paquete irreconocible bajo su capa de hielo. La disuelvo en agua caliente y se me revela el título sin el cual no habría identificado jamás su contenido: es carne especial para asar. Magnífico. Un plato sencillo y sano. Como no representa la superación de ninguna antinomia ni el planteamiento de ninguna aporía, no se me antoja.

Y no es sólo el exceso de lógica el que me inhibe el hambre. Es también el aspecto, rígido por el frío; es el color que se manifiesta ahora que he desbaratado el paquete. Rojo, como si estuviera a punto de echarse a sangrar.

Del mismo color teníamos la espalda, mi marido y yo después de las orgiásticas asoleadas en las playas de Acapulco. Él podía darse el lujo de "portarse como quien es" y tenderse boca abajo para que no le rozara la piel dolorida. Pero yo, abnegada mujercita mexicana que nació como la paloma para el nido, sonreía a semejanza de Cuauhtémoc en el suplicio cuando dijo "mi lecho no es de rosas y se volvió a callar". Boca arriba soportaba no sólo mi propio peso sino el de él encima del mío. La postura clásica para hacer el amor. Y gemía, de desgarramiento, de placer. El gemido clásico. Mitos, mitos.

Lo mejor (para mis quemaduras, al menos) era cuando se quedaba dormido. Bajo la yema de mis dedos —no muy sensibles por el prolongado contacto con las teclas de la máquina de escribir— el nylon de mi camisón de desposada resbalaba en un fraudulento esfuerzo por parecer encaje. Yo jugueteaba con la punta de los botones y esos otros adornos que hacen parecer tan femenina a quien los usa, en la oscuridad de la alta noche. La albura de mis ropas, deliberada, reiterativa, impúdicamente simbólica, quedaba abolida transitoriamente. Algún instante quizá alcanzó a consumar su significado bajo la luz y bajo la mirada de esos ojos que ahora están vencidos por la fatiga.

Unos párpados que se cierran y he aquí, de nuevo, el exilio. Una enorme extensión arenosa, sin otro desenlace que el mar cuyo movimiento propone la parálisis; sin otra invitación que la del acantilado al suicidio.

Pero es mentira. Yo no soy el sueño que sueña, que sueña, que sueña; yo no soy el reflejo de una imagen en un cristal; a mí no me aniquila la cerrazón de una conciencia o de toda conciencia posible. Yo continúo viviendo con una vida densa, viscosa, turbia, aunque el que está a mi lado y el remoto, me ignoren, me olviden, me pospongan, me abandonen, me desamen.

Yo también soy una conciencia que puede clausurarse, desamparar a otro y exponerlo al aniquilamiento. Yo... La carne, bajo la rociadura de la sal, ha acallado el escándalo de su rojez y ahora me resulta más tolerable, más familiar. Es el trozo que vi mil veces, sin darme cuenta, cuando me asomaba, de prisa, a decirle a la cocinera que...

No nacimos juntos. Nuestro encuentro se debió a un azar ¿feliz? Es demasiado pronto aún para afirmarlo. Coincidimos en una exposición, en una conferencia, en un cine-club; tropezamos en un elevador; me cedió su asiento en el tranvía; un guardabosques interrumpió nuestra perpleja y, hasta entonces, paralela contemplación de la jirafa porque era hora de cerrar el zoológico. Alguien, él o yo, es igual, hizo la pregunta idiota pero indispensable: ¿usted trabaja o estudia? Armonía del interés y de las buenas intenciones, manifestación de propósitos "serios". Hace un año yo no tenía la menor idea de su existencia y ahora reposo junto a él con los muslos entrelazados, húmedos de sudor y de semen. Podría levantarme sin despertarlo, ir descalza hasta la regadera. ¿Purificarme? No tengo asco. Prefiero creer que lo que me une a él es algo tan fácil de borrar como una secreción y no tan terrible como un sacramento.

Así que permanezco inmóvil, respirando rítmicamente para imitar el sosiego, puliendo mi insomnio, la única joya de soltera que he conservado y que estoy dispuesta a conservar hasta la muerte.

Bajo el breve diluvio de pimienta la carne parece haber encanecido. Desvanezco este signo de vejez frotando como si quisiera traspasar la superficie e impregnar el espesor con las esencias. Porque perdí mi antiguo nombre y aún no me acostumbro al nuevo, que tampoco es mío. Cuando en el vestíbulo del hotel algún empleado me reclama yo permanezco sorda, con ese vago malestar que es el preludio del reconocimiento. ¿Quién será la persona que no atiende a la llamada? Podría tratarse de algo urgente, grave, definitivo, de vida o muerte. El que llama se desespera, se va sin dejar ningún rastro, ningún mensaje y anula la posibilidad de cualquier nuevo encuentro. ¿Es la angustia la que oprime mi corazón? No, es su mano la que oprime mi hombro. Y sus labios que sonríen con una burla benévola, más que de dueño, de taumaturgo.

Y bien, acepto mientras nos encaminamos al bar (el hombro me arde, está despellejándose), es verdad que en el contacto o colisión con él he sufrido una metamorfosis profunda: no sabía y sé, no sentía y siento, no era y soy.

Habrá que dejarla reposar así. Hasta que ascienda a la temperatura ambiente, hasta que se impregne de los sabores de que la he recubierto. Me da la impresión de que no he sabido calcular bien y de que he comprado un pedazo excesivo para nosotros dos. Yo, por pereza, no soy carnívora. Él, por estética, guarda la línea. ¡Va a sobrar casi todo! Sí, ya sé que no debo preocuparme: que alguna de las hadas que revolotean en torno mío va a acudir en mi auxilio y a explicarme cómo se aprovechan los desperdicios. Es un paso en falso de todos modos. No se inicia una vida conyugal de manera tan sórdida. Me temo que no se inicie tampoco con un platillo tan anodino como la carne asada.

Gracias, murmuro, mientras me limpio los labios con la punta de la servilleta. Gracias por la copa transparente, por la aceituna sumergida. Gracias por haberme abierto la jaula de una rutina estéril para cerrarme la jaula de otra rutina que, según todos los propósitos y las posibilidades, ha de ser fecunda. Gracias por darme la oportunidad de lucir un traje largo y caudaloso, por ayudarme a avanzar en el interior del templo, exaltada por la música del órgano. Gracias por...

¿Cuánto tiempo se tomará para estar lista? Bueno, no debería de importarme demasiado porque hay que ponerla al fuego a última hora. Tarda muy poco, dicen los manuales. ¿Cuánto es poco? ¿Quince minutos? ¿Diez? ¿Cinco? Naturalmente, el texto no especifica. Me supone una intuición que, según mi sexo, debo poseer pero que no poseo, un sentido sin el que nací que me permitiría advertir el momento preciso en que la carne está a punto.

¿Y tú? ¿No tienes nada que agradecerme? Lo has puntualizado con una solemnidad un poco pedante y con una precisión que acaso pretendía ser halagadora pero que me resultaba ofensiva: mi virginidad. Cuando la descubriste yo me sentí como el último dinosaurio en un planeta del que la especie había desaparecido. Ansiaba justificarme, explicar que si llegué hasta ti intacta no fue por virtud ni por orgullo ni por fealdad sino por apego a un estilo. No soy barroca. La pequeña imperfección en la perla me es insoportable. No me queda entonces más alternativa que el neoclásico y su rigidez es incompatible con la espontaneidad para hacer el amor. Yo carezco de la soltura del que rema, del que juega al tenis, del que se desliza bailando. No practico ningún deporte. Cumplo un rito y el ademán de entrega se me petrifica en un gesto estatuario.

¿Acechas mi tránsito a la fluidez, lo esperas, lo necesitas? ¿O te basta este hieratismo que te sacraliza y que tú interpretas como la pasividad que corresponde a mi naturaleza? Y si a la tuya corresponde ser voluble te tranquilizará pensar que no estorbaré tus aventuras. No será indispensable —gracias a mi temperamento— que me cebes, que me ates de pies y manos con los hijos, que me amordaces con la miel espesa de la resignación. Yo permaneceré como permanezco. Quieta. Cuando dejas caer tu cuerpo sobre el mío siento que me cubre una lápida, llena de inscripciones, de nombres ajenos, de fechas memorables. Gimes inarticuladamente y quisiera susurrarte al oído mi nombre para que recuerdes quién es a la que posees.

Soy yo. ¿Pero quién soy yo? Tu esposa, claro. Y ese título basta para distinguirme de los recuerdos del pasado, de los proyectos para el porvenir. Llevo una marca de propiedad y no obstante me miras con desconfianza. No estoy tejiendo una red para prenderte. No soy una mantis religiosa. Te agradezco que creas en semejante hipótesis. Pero es falsa.

Esta carne tiene una dureza y una consistencia que no caracterizan a las reses. Ha de ser de mamut. De esos que se han conservado, desde la prehistoria, en los hielos de Siberia y que los campesinos descongelan y sazonan para la comida. En el aburridísimo documental que exhibieron en la Embajada, tan lleno de detalles superfluos, no se hacía la menor alusión al tiempo que dedicaban a volverlos comestibles. Años, meses. Y yo tengo a mi disposición un plazo de…

¿Es la alondra? ¿Es el ruiseñor? No, nuestro horario no va a regirse por tan aladas criaturas como las que avisaban el advenimiento de la aurora a Romeo y Julieta sino por un estentóreo e inequívoco despertador. Y tú no bajarás al día por la escala de mis trenzas sino por los pasos de una querella minuciosa: se te ha desprendido un botón del saco, el pan está quemado, el café frío.

Yo rumiaré, en silencio, mi rencor. Se me atribuyen las responsabilidades y las tareas de una criada para todo. He de mantener la casa impecable, la ropa lista, el ritmo de la alimentación infalible. Pero no se me paga ningún sueldo, no se me concede un día libre a la semana, no puedo cambiar de amo. Debo, por otra parte, contribuir al sostenimiento del hogar y he de desempeñar con eficacia un trabajo en el que el jefe exige y los compañeros conspiran y los subordinados odian. En mis ratos de ocio me transformo en una dama de sociedad que ofrece comidas y cenas a los amigos de su marido, que asiste a reuniones, que se abona a la ópera, que controla su peso, que renueva su guardarropa, que cuida la lozanía de su cutis, que se conserva atractiva, que está al tanto de los chismes, que se desvela y que madruga, que corre el riesgo mensual de la maternidad, que cree en las juntas nocturnas de ejecutivos, en los viajes de negocios y en la llegada de clientes imprevistos; que padece alucinaciones olfativas cuando percibe la emanación de perfumes franceses (diferentes de los que ella usa) de las camisas, de los pañuelos de su marido; que en sus noches solitarias se niega a pensar por qué o para qué tantos afanes y se prepara una bebida bien cargada y lee una novela policiaca con ese ánimo frágil de los convalecientes.

¿No sería oportuno prender la estufa? Una lumbre muy baja para que se vaya calentando, poco a poco, el asador "que previamente ha de untarse con un poco de grasa para que la carne no se pegue". Eso se me ocurre hasta a mí, no había necesidad de gastar en esas recomendaciones las páginas de un libro.

Y yo, soy muy torpe. Ahora se llama torpeza; antes se llamaba inocencia y te encantaba. Pero a mí no me ha encantado nunca. De soltera leía cosas a escondidas. Sudando de emoción y de vergüenza. Nunca me enteré de nada. Me latían las sienes, se me nublaban los ojos, se me contraían los músculos en un espasmo de náusea.

El aceite está empezando a hervir. Se me pasó la mano, manirrota, y ahora chisporrotea y salta y me quema. Así voy a quemarme yo en los apretados infiernos por mi culpa, por mi culpa, por mi grandísima culpa. Pero, niñita, tú no eres la única. Todas tus compañeras de colegio hacen lo mismo, o cosas peores, se acusan en el confesionario, cumplen la penitencia, las perdonan y reinciden. Todas. Si yo hubiera seguido frecuentándolas me sujetarían ahora a un interrogatorio. Las casadas para cerciorarse, las solteras para averiguar hasta dónde pueden aventurarse. Imposible defraudarlas. Yo inventaría acrobacias, desfallecimientos sublimes, transportes como se les llama en *Las mil y una noches*, récords. ¡Si me oyeras entonces no te reconocerías, Casanova!

Dejo caer la carne sobre la plancha e instintivamente retrocedo hasta la pared. ¡Qué estrépito! Ahora ha cesado. La carne yace silenciosamente, fiel a su condición de cadáver. Sigo creyendo que es demasiado grande.

Y no es que me hayas defraudado. Yo no esperaba, es cierto, nada en particular. Poco a poco iremos revelándonos mutuamente, descubriendo nuestros secretos, nuestros pequeños trucos, aprendiendo a complacernos. Y un día tú y yo seremos una pareja de amantes perfectos y entonces, en la mitad de un abrazo, nos desvaneceremos y aparecerá en la pantalla la palabra “fin”.

¿Qué pasa? La carne se está encogiendo. No, no me hago ilusiones, no me equivoco. Se puede ver la marca de su tamaño original por el contorno que dibujó en la plancha. Era un poco más grande. ¡Qué bueno! Ojalá quede a la medida de nuestro apetito.

Para la siguiente película me gustaría que me encargaran otro papel. ¿Bruja blanca en una aldea salvaje? No, hoy no me siento inclinada ni al heroísmo ni al peligro. Más bien mujer famosa (diseñadora de modas o algo así) , independiente y rica que vive sola en un apartamento en Nueva York, París o Londres. Sus *affaires* ocasionales la divierten pero no la alteran. No es sentimental. Después de una escena de ruptura enciende un cigarrillo y contempla el paisaje urbano a través de los grandes ventanales de su estudio.

Ah, el color de la carne es ahora mucho más decente. Sólo en algunos puntos se obstina en recordar su crudeza. Pero lo demás es dorado y exhala un aroma delicioso. ¿Irá a ser suficiente para los dos? La estoy viendo muy pequeña.

Si ahora mismo me arreglara, estrenara uno de esos modelos que forman parte de mi *trousseau* y saliera a la calle ¿qué sucedería, eh? A la mejor me abordaba un hombre maduro, con automóvil y todo. Maduro. Retirado. El único que a estas horas puede darse el lujo de andar de cacería.

¿Qué rayos pasa? Esta maldita carne está empezando a soltar un humo negro y horrible. ¡Tenía yo que haberle dado vuelta! Quemada de un lado. Menos mal que tiene dos.

Señorita, si usted me permitiera... ¡Señora! Y le advierto que mi marido es muy celoso... Entonces no debería dejarla andar sola. Es usted una tentación para cualquier viandante. Nadie en el mundo dice viandante. ¿Transeúnte? Sólo los periódicos cuando hablan de los atropellados. Es usted una tentación para cualquier X. Silencio. Sig-ni-fi-ca-ti-vo. Miradas de esfinge. El hombre maduro me sigue a prudente distancia. Más le vale. Más me vale a mí porque en la esquina ¡zas! Mi marido, que me espía, que no me deja ni a sol ni a sombra, que sospecha de todo y de todos, señor juez. Que así no es posible vivir, que yo quiero divorciarme.

¿Y ahora qué? A esta carne su mamá no le enseñó que era carne y que debería de comportarse con conducta. Se enrosca igual que una charamusca. Además yo no sé de dónde puede seguir sacando tanto humo si ya apagué la estufa hace siglos. Claro, claro, doctora Corazón. Lo que procede ahora es abrir la ventana, conectar el purificador de aire para que no huela a nada cuando venga mi marido.

Y yo saldría muy mona a recibirlo a la puerta, con mi mejor vestido, mi mejor sonrisa y mi más cordial invitación a comer fuera.

Es una posibilidad. Nosotros examinaríamos la carta del restaurante mientras un miserable pedazo de carne carbonizada, yacería, oculta, en el fondo del bote de la basura. Yo me cuidaría mucho de no mencionar el incidente y sería considerada como una esposa un poco irresponsable, con proclividades a la frivolidad pero no como una tarada. Ésta es la primera imagen pública que proyecto y he de mantenerme después consecuente con ella, aunque sea inexacta.

Hay otra posibilidad. No abrir la ventana, no conectar el purificador de aire, no tirar la carne a la basura. Y cuando venga mi marido dejar que olfatee, como los ogros de los cuentos, y diga que aquí huele, no a carne humana, sino a mujer inútil. Yo exageraré mi compunción para incitarlo a la magnanimidad. Después de todo, lo ocurrido ¡es tan normal! ¿A qué recién casada no le pasa lo que a mí acaba de pasarme? Cuando vayamos a visitar a mi suegra, ella, que todavía está en la etapa de no agredirme porque no conoce aún cuáles son mis puntos débiles, me relatará sus propias experiencias. Aquella vez, por ejemplo, que su marido le pidió un par de huevos estrellados y ella tomó la frase al pie de la letra y... ja, ja, ja. ¿Fue eso un obstáculo para que llegara a convertirse en una viuda fabulosa, digo, en una cocinera fabulosa? Porque lo de la viudez sobrevino mucho más tarde y por otras causas. A partir de entonces ella dio rienda suelta a sus instintos maternales y echó a perder con sus mimos…

No, no le va a hacer la menor gracia. Va a decir que me distraje, que es el colmo del descuido. Y, sí, por condescendencia yo voy a aceptar sus acusaciones.

Pero no es verdad, no es verdad. Yo estuve todo el tiempo pendiente de la carne, fijándome en que le sucedían una serie de cosas rarísimas. Con razón Santa Teresa decía que Dios anda en los pucheros. O la materia que es energía o como se llame ahora.

Recapitulemos. Aparece, primero el trozo de carne con un color, una forma, un tamaño. Luego cambia y se pone más bonita y se siente una muy contenta. Luego vuelve a cambiar y ya no está tan bonita. Y sigue cambiando y cambiando y cambiando y lo que uno no atina es cuándo pararle el alto. Porque si yo dejo este trozo de carne indefinidamente expuesto al fuego, se consume hasta que no queden ni rastros de él. Y el trozo de carne que daba la impresión de ser algo tan sólido, tan real, ya no existe.

¿Entonces? Mi marido también da la impresión de solidez y de realidad cuando estamos juntos, cuando lo toco, cuando lo veo. Seguramente cambia, y cambio yo también, aunque de manera tan lenta, tan morosa que ninguno de los dos lo advierte. Después se va y bruscamente se convierte en recuerdo y… Ah, no, no voy a caer en esa trampa: la del personaje inventado y el narrador inventado y la anécdota inventada. Además, no es la consecuencia que se deriva lícitamente del episodio de la carne.

La carne no ha dejado de existir. Ha sufrido

una serie de metamorfosis. Y el hecho de que cese de ser perceptible para los sentidos no significa que se haya concluido el ciclo sino que ha dado el salto cualitativo. Continuará operando en otros niveles. En el de mi conciencia, en el de mi memoria, en el de mi voluntad, modificándome, determinándome, estableciendo la dirección de mi futuro.

Yo seré, de hoy en adelante, lo que elija en este momento. Seductoramente aturdida, profundamente reservada, hipócrita. Yo impondré, desde el principio, y con un poco de impertinencia, las reglas del juego. Mi marido resentirá la impronta de mi dominio que irá dilatándose, como los círculos en la superficie del agua sobre la que se ha arrojado una piedra. Forcejeará por prevalecer y si cede yo le corresponderé con el desprecio y si no cede yo no seré capaz de perdonarlo.

Si asumo la otra actitud, si soy el caso típico, la femineidad que solicita indulgencia para sus errores, la balanza se inclinará a favor de mi antagonista y yo participaré en la competencia con un hándicap que, aparentemente, me destina a la derrota y que, en el fondo, me garantiza el triunfo por la sinuosa vía que recorrieron mis antepasadas, las humildes, las que no abrían los labios sino para asentir, y lograron la obediencia ajena hasta al más irracional de sus caprichos. La receta, pues, es vieja y su eficacia está comprobada. Si todavía lo dudo me basta preguntar a la más próxima de mis vecinas. Ella confirmará mi certidumbre.

Sólo que me repugna actuar así. Esta definición no me es aplicable y tampoco la anterior, ninguna corresponde a mi verdad interna, ninguna salvaguarda mi autenticidad. ¿He de acogerme a cualquiera de ellas y ceñirme a sus términos sólo porque es un lugar común aceptado por la mayoría y comprensible para todos? Y no es que yo sea una "rara avis". De mí se puede decir lo que Pfandl dijo de Sor Juana: que pertenezco a la clase de neuróticos cavilosos. El diagnóstico es muy fácil ¿pero qué consecuencias acarrearía asumirlo?

Si insisto en afirmar mi versión de los hechos mi marido va a mirarme con suspicacia, va a sentirse incómodo en mi compañía y va a vivir en la continua expectativa de que se me declare la locura.

Nuestra convivencia no podrá ser más problemática. Y él no quiere conflictos de ninguna índole. Menos aún conflictos tan abstractos, tan absurdos, tan metafísicos como los que yo le plantearía. Su hogar es el remanso de paz en que se refugia de las tempestades de la vida. De acuerdo. Yo lo acepté al casarme y estaba dispuesta a llegar hasta el sacrificio en aras de la armonía conyugal. Pero yo contaba con que el sacrificio, el renunciamiento completo a lo que soy, no se me demandaría más que en la Ocasión Sublime, en la Hora de las Grandes Resoluciones, en el Momento de la Decisión Definitiva. No con lo que me he topado hoy que es algo muy insignificante, muy ridículo. Y sin embargo…

Domingo

Edith lanzó en torno suyo una mirada crítica, escrutadora. En vano se mantuvo al acecho de la aparición de esa mota de polvo que se esconde siempre a los ojos de la más suspicaz ama de casa y se hace evidente en cuanto llega la primera visita. Nada. La alfombra impecable, los muebles en su sitio, el piano abierto y encima de él, dispuestos en un cuidadoso desorden, los papeles pautados con los que su marido trabajaba. Quizá el cuadro, colocado encima de la chimenea, no guardaba un equilibrio perfecto. Edith se acercó a él, lo movió un poco hacia la izquierda, hacia la derecha y se retiró para contemplar los resultados. Casi imperceptibles pero suficientes para dejar satisfechos sus escrúpulos.

Ya sin los prejuicios domésticos, Edith se detuvo a mirar la figura. Era ella, sí, cifrada en esas masas de volúmenes y colores, densos y cálidos. Ella, más allá de las apariencias obvias que ofrecía al consumo del público. Expuesta en su intimidad más honda, en su ser más verdadero, tal como la había conocido, tal como la había amado Rafael. ¿Dónde estaría ahora?

Le gustaba vagabundear y de pronto enviaba una tarjeta desde el Japón como otra desde Guanajuato. Sus viajes parecían no tener ni preferencias ni propósitos. Huye de mí, pensó Edith al principio. Después se dio cuenta de la desmesura de su afirmación. Huye de mí y de las otras, añadió. Tampoco era cierto. Huía también de sus deudas, de sus compromisos con las galerías, de su trabajo, de sí mismo, de un México irrespirable.

Edith lo recordó sin nostalgia ya y sin rabia, tratando de ubicarlo en algún punto del planeta. Imposible. ¿Por qué no ceder, más que a esa curiosidad inútil, a la gratitud? Después de todo a Rafael le debía el descubrimiento de su propio cuerpo, sepultado bajo largos años de rutina conyugal, y la revelación de esa otra forma de existencia que era la pintura. De espectadora apasionada pasó a modelo complaciente y, en los últimos meses de su relación, a aprendiz aplicada. Había acabado por improvisar un pequeño estudio en el fondo del jardín.

Todos los días de la semana —después de haber despachado a los niños a la escuela y a su marido al trabajo; después de deliberar con la cocinera acerca del menú y de impartir órdenes (siempre las mismas) a la otra criada— Edith se ponía cómoda dentro de un par de pantalones de pana y un suéter viejo y se encerraba en esa habitación luminosa, buscando más allá de la tela tensada en el caballete, más allá de ese tejido que era como un obstáculo, esa sensación de felicidad y de plenitud que había conocido algunas veces: al final de un parto laborioso; tendida a la sombra, frente al mar; saboreando pequeños trozos de queso camembert untados sobre pan moreno y áspero; cuidando los brotes de los crisantemos amarillos que alguien le regaló en unas navidades; pasando la mano sobre la superficie pulida de la madera; sí, haciendo el amor con Rafael y, antes, muy al principio del matrimonio, con su marido.

Edith llenaba las telas con esos borbotones repentinos de tristeza, de despojamiento, de desnudez interior. Con esa rabia con la que olfateaba a su alrededor cuando quería reconocer la querencia perdida. No sabía si la hallaba o no porque el cansancio del esfuerzo era, a la postre, más poderoso que todos los otros sentimientos. Y se retiraba a mediodía, con los hombros caídos como para ocultar mejor, tras la fatiga, su secreta sensación de triunfo y de saqueo.

Los domingos, como hoy, tenía que renunciar a sí misma en aras de la vida familiar.

Se levantaban tarde y Carlos iba pasándole las secciones del periódico que ya había leído, con algún comentario, cuando quería llamarle la atención sobre los temas que les interesaban: anuncios o críticas de conciertos, de exposiciones, de estrenos teatrales y cinematográficos; chismes relacionados con sus amigos comunes; gangas de objetos que jamás se habían propuesto adquirir.

Edith atendía dócilmente (era un viejo hábito que la había ayudado mucho en la convivencia) y luego iba a lo suyo: la sección de crímenes, en la que se solazaba, mientras afuera los niños peleaban, a gritos, por la primacía del uso del baño, por la prioridad en la mesa y por llegar antes a los sitios privilegiados del jardín.

Cuando la algarabía alcanzaba extremos inusitados Edith —o Carlos— lanzaban un grito estentóreo e indiferenciado para aplacar la vitalidad de sus cachorros. Y aprovechaban el breve silencio conseguido, sonriéndose mutuamente, con esa complicidad que los padres orgullosos de sus hijos y de las travesuras de sus hijos se reservan para la intimidad.

De todos los gestos que Edith y Carlos se dedicaban, éste era el único que conservaba su frescura, su espontaneidad, su necesidad. Los otros se habían estereotipado y por eso mismo resultaban perfectos.

—Hoy viene a comer Jorge.

Edith lo había previsto y asintió, pensando ya en algo que satisficiera lo mismo sus gustos exigentes que su digestión vacilante.

—¿Solo?

—El asunto con Luis no se arregló. Siguen separados.

—¡Lástima! Era una pareja tan agradable.

Antes también Edith hubiera hecho lo mismo que Luis y Jorge: separarse, irse. Ahora, más vieja (no, más vieja no, más madura, más reposada, más sabia) optaba por soluciones conciliadoras que dejaran a salvo lo que dos seres construyen juntos: la casa, la situación social, la amistad.

—¿Y si me habla Luis, diciéndome, con ese tonito de desconsuelo que es su especialidad, que no tiene con quién pasar el domingo?

—Déjalo que venga, que se encuentre con Jorge. Tarde o temprano tendrá que sucederles. Más vale que sea aquí.

Se encontraba uno en todas partes, donde no era posible retorcerse de dolor ni darle al otro una bofetada para volverle los sesos a su lugar, ni arrodillarse suplicante. Entonces ¿qué sentido tenía irse? Aunque se quiere no se puede. Edith tuvo que reconocer que no todo el mundo estaba atado por vínculos tan sólidos como Carlos y ella. Los hijos, las propiedades en común, hasta la manera especial de tomar una taza de chocolate antes de dormir. Realmente sería muy difícil, sería imposible romper.

Desde hacía rato, y sin fijarse, Edith estaba mirando tercamente a Carlos. Él se volvió sobresaltado.

—¿Qué te pasa?

Edith parpadeó como para borrar su mirada de antes y sonrió con ese mismo juego de músculos que los demás traducían como tímida disculpa y que gustaba tanto a su marido en los primeros tiempos de la luna de miel. Carlos se sintió inmediatamente tranquilizado.

—Pensaba si no nos caería bien comer pato a la naranja... y también en la fragilidad de los sentimientos humanos.

¿No estuvo Edith a punto de morir la primera vez que supo que Carlos la engañaba? ¿No creyó que jamás se consolaría de la ausencia de Rafael? Y era la misma Edith que ahora disfrutaba plácidamente de su mañana perezosa y se disponía a organizar un domingo pródigo en acontecimientos emocionantes, en sorpresas que se agotaban en un sorbo, en leves cosquilleos a su vanidad de mujer, de anfitriona, de artista incipiente.

Porque a partir de las cuatro de la tarde sus amigos sabían que había *open house* y acudían a ella arrastrando la cruda de la noche anterior o el despellejamiento del baño del sol matutino o la murria de no haber sabido cómo entretener sus últimas horas. Cada uno llevaba una botella de algo y muchos una compañía que iba a permitir a la dueña de casa trazar el itinerario sentimental de sus huéspedes. Esa compañía era el elemento variable que Edith aguardaba con expectación. Porque, a veces, eran verdaderos hallazgos como aquella modelo francesa despampanante que ostentó fugazmente Hugo Jiménez y que lo abandonó para irse con Vicente Weston, cuando supo que el primero era únicamente un aspirante a productor de películas. La segunda alianza no fue más duradera porque Vicente era el hijo de un productor de películas en ejercicio pero no guardaba con el cine comercial ni siquiera la relación de espectador.

¿Qué pasaría con esa muchacha? ¿Regresaría a su país? ¿Encontraría un empresario auténtico? Merecía buena suerte. Pobrecita ingenua. Y los mexicanos son tan desgraciados...

Edith tarareaba una frase musical en el momento de abrir la regadera. Dejó que el agua resbalara por su cuerpo, escurriera de su pelo pegándole mechones gruesos a la cara. Ah, qué placer estar viva, viva, viva.

Y, por el momento, vacante, apuntó. Pero sin amargura, sin urgencia. Había a su alrededor varios candidatos disponibles. Bastaría una seña de su parte para que el hueco dejado por Rafael se llenara pero Edith se demoraba. La espera acrecienta el placer y en los preliminares se pondría en claro que no se trataba, esta vez, de una gran pasión, sino del olvido de una gran pasión, que había sido Rafael quien, a su turno, consoló el desengaño de la gran pasión que, a su hora, fue Carlos.

Chistoso Carlos. Nadie se explicaba la devoción de su esposa ni la constancia de su secretaria. Su aspecto era insignificante, como de ratón astuto. Pero en la cama se comportaba mejor que muchos y era un buen compañero y un amigo leal. ¿A quién, sino a él, se le hubiera ocurrido a Edith recurrir en los momentos de apuro? Pero Edith confiaba en su prudencia para que esos momentos de apuro (¡Rafael en la cárcel, Dios mío!) no volvieran a presentarse.

Carlos entró en el baño cuando ella comenzaba a secarse el pelo. Se lo dejaría suelto hoy, lacio. Para que todos pensaran en su desnudez bajo el agua.

—¿Qué te parece la nueva esposa de Octavio? —preguntó Carlos mientras se rasuraba.

—Una mártir cristiana. Cada vez que entra en el salón es como si entrara al circo para ser devorada por las fieras.

—Si todos la juzgan como tú no anda muy descaminada.

Edith sonrió.

—Yo no la quiero mal. Pero es fea y celosa. La combinación perfecta para hacerle la vida imposible a cualquiera.

—¿Octavio ya se ha quejado contigo de que no lo comprende?

—¿Para qué tendría qué hacerlo?

—Para empezar —repuso Carlos palmeándole cariñosamente las nalgas.

Edith se apartó fingiéndose ofendida.

—A mí Octavio no me interesa.

—Están verdes... Octavio siempre estuvo demasiado ocupado entre una aventura y otra. Pero desde que se casó con esa pobre criatura que no es pieza para ti ni para nadie, está prácticamente disponible.

—No me des ideas...

—No me digas que te las estoy dando. Adoptas una manera peculiar de ver a los hombres cuando planeas algo. Una expresión tan infantil y tan inerme...

—Hace mucho que no veo a nadie así.

—Vas a perder la práctica. Anda, bórrate, que ahora voy a bañarme yo.

Edith escogió un vestido sencillo y como para estar en casa, unas sandalias sin tacón, una mascada. Su aspecto debía ser acogedoramente doméstico aunque no quería malgastarlo desde ahorita, usándolo. Titubeó unos instantes y, por fin, acabó decidiéndose. Nada nuevo es acogedor. Presenta resistencias, exige esfuerzos de acomodamiento. Se vistió y se miró en el espejo. Sí, así estaba bien.

Las visitas comenzaron a afluir interrumpiendo la charla de sobremesa de Carlos y Jorge, que giraba siempre alrededor de lo mismo: anécdotas de infancia y de adolescencia (previas, naturalmente, al descubrimiento de que Jorge era homosexual) que

Edith no había compartido pero que, a fuerza de oír relatadas consideraba ya como parte de su propia experiencia. Cuando estaba enervada los interrumpía y pretextaba cualquier cosa para ausentarse. Pero hoy su humor era magnífico y sonreía a los dos amigos como para estimular ese afecto que los había unido a lo largo de tantos años y de tantas vicisitudes.

Jorge era militar y comenzaba a hacer sus trámites de retiro. Carlos era técnico de sonido y, ocasionalmente, compositor. Jorge no tenía ojos más que para los jóvenes reclutas y Carlos se inclinaba, de modo exclusivo, a las muchachas. Sin embargo los dos habían sabido hallar intereses que los acercaran y se frecuentaban con una regularidad que tenía mucho de disciplinario.

Edith recordó, no sin cierta vergüenza, los esfuerzos que hizo de recién casada para separarlos. No es que estuviera celosa de Jorge; es que quería a Carlos como una propiedad exclusiva suya. ¡Qué tonta, qué egoísta, qué joven había sido! Ahora su técnica había cambiado acaso porque sus impulsos posesivos habían disminuido. Le soltaba la rienda al marido para que se alejara cuanto quisiera; abría el círculo familiar para dar entrada a cuantos Carlos solicitara. Hasta a Lucrecia, que se presentó como un devaneo sin importancia y fue quedándose, quedándose como un complemento indispensable en la vida de la familia.

Edith no advirtió la gravedad de los hechos sino cuando ya estaban consumados. De tal modo su ritmo fue lento, su penetración fue suave. Después ella misma se distrajo con Rafael y cuando ambos terminaron quedó tan destrozada que no se opuso a los mimos de Lucrecia, a su presencia en la casa, a su atención dedicada a los niños, a su acompañamiento en las reuniones, en los paseos.

Llegó hasta el grado de convertirla en su confidente (lo hubiera hecho con cualquiera, tan necesitada estaba de desahogarse) y de pronto ambas se descubrieron como amigas íntimas sin haber luchado nunca como rivales.

Edith se adelantó al salón para dar la bienvenida a los que llegaban. Era nada más uno pero exigía atención como por diez: Vicente, a quien le alcanzó la fuerza para ofrendarle una botella de whisky, y luego se dejó caer en un sillón exhibiendo el abatimiento más total.

—¿Problemas? —preguntó Edith más atenta a la marca del licor que al estado de ánimo del donante.

—Renée.

—Últimamente siempre es Renée. ¿Por qué no la trajiste?

—No quiere verme, se niega a hablar conmigo hasta por teléfono. Me odia.

—Algo has de haberle hecho.

—Un hijo.

—¿Tuyo?

—Eso dice. El caso es que yo le ofrecí matrimonio y no lo aceptó. Quiere abortar.

—¡Pues que aborte!

—Ése es su problema, Vicente. Pero ¿cuál es el tuyo?

—El mío… el mío… Carajo ¡estoy harto de putas!

—Ahora tienes una oportunidad magnífica para deshacerte de una de ellas.

—Vendrá otra después y será peor.

—Es lo mismo que yo pienso cuando voy a echar a una criada, pero ¿por qué hay que ser tan fatalista? Si lo que te interesa es una virgencita que viva entre flores, búscala.

—La encuentro y es una hipócrita, aburrida, chupasangre. ¿Sabes que este mundo es una mierda?

—No tanto, no tanto —discrepó Edith mientras descorchaba la botella—. ¿Cómo lo quieres? ¿Solo? ¿Con agua? ¿En las rocas?

Vicente hizo un gesto de indiferencia y Edith le sirvió a su gusto.

—Bebe.

Vicente obedeció. Su respirar vació la copa. El áspero sabor le raspó la garganta.

—Renée también quiere ser actriz —le dijo mientras acercaba de nuevo su vaso a la disposición de Edith.

—¡Qué epidemia!

—Basta con no tener talento. Y se encabrita porque un hijo —mío o de quien sea— se interpone ahora entre el triunfo y ella.

—¿Tú quieres a ese niño?

—A mí también me fastidia que me hagan padre de la criatura. Pero me fastidia más que se deshaga de la criatura si soy el padre.

—Trabalenguas, no ¿eh? Todavía es muy temprano y nadie ha tomado lo suficiente.

—Son ejercicios de lenguaje. Un escritor debe mantenerse en forma. Porque, aunque tú no lo creas, un día voy a escribir una novela tan importante como el *Ulises* de Joyce.

—Si antes no filmas una película tan importante como *El acorazado Potemkin*.

Era Carlos que entraba, seguido de Jorge.

—El cine es la forma de expresión propia de nuestra época.

—¡Y me lo dices a mí que ilustro sonoramente las obras maestras de la industria fílmica nacional! ¿Qué sería de ella sin mis efectos de sonido?

—Ay, sí. Bien que te duele no poder dedicarte a lo que te importa: la música.

—La uso también. Y en vez de llevarme a la cárcel por plagio cada vez que lo hago, me premian con algún ídolo azteca de nombre impronunciable.

—¿A qué atribuyes ese contrasentido?

—A que en la cárcel quizá podría componer lo que yo quiero, lo que yo puedo. Pero me dejan suelto y me aplauden. Me castran, hermanito.

—El hambre es cabrona.

—¿Cómo averiguaste eso, junior?

—Mi padre me cuenta, día a día, la historia de su juventud. Es conmovedora. Nada menos que un *self-made man*.

—Que me contrata y me paga espléndidamente. Vamos a brindar todos porque viva muchos años.

Carlos alzó su vaso. Jorge lo observaba, sonriente.

—Salud es lo que me falta para acompañarte.

Aunque tengo que convenir en que el producto que ingieres es de una calidad superior.

—Un hijo de mi padre tiene que convidar whisky... aunque para hacerlo saquee las bodegas familiares. Porque, has de saber, Orfeo, que mis mensualidades son menos espléndidas que tus honorarios. Y que el Mecenas ha amenazado con alzarme la canasta si no hago una demostración pública y satisfactoria de mis habilidades.

—¡Son tantas!

—Allí está el problema. Elegir primero y luego realizarse.

—La vocación es la incapacidad total de hacer cualquiera otra cosa.

—Mírame a mí: si yo no hubiera sido militar ¿qué habría sido?

—Civil.

Carlos y Jorge consideraron un momento esta posibilidad y luego soltaron, simultáneamente, la risa.

—No les hagas caso —terció Edith—. Siempre juegan así.

—Pues ya están grandecitos. Podrían inventar juegos más ingeniosos.

—¡No me tientes, Satanás!

Jorge dio las espaldas a todos con un gesto pudibundo.

—¿No viene nadie más hoy? —quiso saber Vicente.

Edith se alzó de hombros.

Los de costumbre. Si es que no tuvieron ningún contratiempo.

—Es decir, Hugo con el apéndice correspondiente.

—¡Esperemos en Dios que sea extranjera!

—Nadie es extranjero. Algunos lo pretenden pero a la hora de la hora sacan a relucir su medallita con la Virgen de Guadalupe.

—Para evitar engaños lo primero que hay que explorar es el pecho.

—En el caso de las mujeres. ¿Y en el otro?

—Ay, tú, los medallones no se incrustan dondequiera.

—¡Que opine Edith!

—¿Es la voz más autorizada?

—Por lo menos es la única ortodoxa.

—¡Pelados!

Edith aparentaba indignación pero en el fondo disfrutaba de los equívocos.

—Yo me pregunto —dijo Vicente— qué pasaría si una vez nos decidiéramos a acostarnos todos juntos.

—Que se acabarían los albures.

Jorge había hablado muy sentenciosamente y añadió:

—En el Ejército se hizo el experimento. Y sobrevino un silencio sepulcral.

—¿Tú también callaste?

—No me quedó nada, absolutamente nada que decir.

Permaneció serio, como perdido en la añoranza y la nostalgia. Suspiró para completar el efecto de sus revelaciones. Pero el suspiro se perdió en el estrépito de la llegada de un nuevo contingente de visitantes.

—¡Lucrecia! ¡Octavio! ¡Hugo! ¿Vinieron juntos?

—Nos encontramos en la puerta.

—Pasen y acomódense.

Cada uno lo hizo no sin antes entregar a Edith su tributo.

—¿Y tu mujer, Octavio?

—Se siente un poco mal. Me pidió que la disculparan.

—¿Embarazo?

—No es seguro todavía. Pero es probable, a juzgar por los síntomas.

—¡Qué falta de imaginación tienen las mujeres, Dios santo! No saben hacer otra cosa que preñarse.

—Bueno, Vicente, al menos les concederás que saben hacer también lo necesario para preñarse.

Edith miró a Octavio, interrogativamente. Suponía a Elisa, su mujer, inexperta, inhábil y gazmoña. Pero Octavio no dejó traslucir nada. Estaba muy atento a la dosis de whisky que le servían.

—¿Por qué tan solo, Hugo? ¿Se agotó el repertorio?

—Estoy esperando —respondió el aludido con un leve gesto de misterio.

—¿Tú también? —preguntó Jorge falsamente escandalizado.

—¡Basta! —gritó Edith.

—Voy a presentarles a una amiga alemana.

—¿Habla español?

—*A little*. Pero lo entiende todo.

—Muy comprensiva.

—En última instancia puede platicar con Octavio que estuvo en Alemania ¿cuántos años?

—Dos.

—Pero llevando cursos con Heidegger. Eso no vale.

—Yo hice la primaria allá —apuntó tímidamente Weston—. Lo digo por si se ofrece.

—¿No que te educaste en Inglaterra?

—También. Y en Francia. Conmigo no hay pierde, Hugo.

—¡Ya estarás, judío errante!

—Si lo de judío lo dices por mi padre, te lo agradezco. Es uno de mis motivos más fundados de desprecio.

—A poco tu papá es judío, tú.

—Pues bien a bien, no lo sé. Pero, ah, cómo jode.

Lucrecia se revolvió, incómoda, en el asiento.

—¡Tanto presumir de Europa y mira nomás qué lenguaje!

—¿Sabes por qué los hijos de los ricos poseemos un vocabulario tan variado? Porque nuestros padres pudieron darse el lujo de abandonar nuestra educación a los criados.

—Y si tienen tan buen ojo para las mujeres es porque los inician sus institutrices.

Carlos se frotó las manos, satisfecho.

—Se va a poner buena la cosa hoy.

—No tengo miedo —aseguró Hugo—. Al contrario, me encanta la idea de que Hildegard tenga la oportunidad de hacer sus comparaciones.

—Al fin y al cabo lo importante no es ganar sino competir, como dijo el clásico.

Si hubiera estado allí Rafael habría hecho chuza con todos, reflexionó Edith. Y se alegró locamente de que no estuviera allí, de que no la hiciera estremecerse de incertidumbre y de celos.

—¿Contenta?

Jorge le había puesto una mano fraternal sobre el hombro, pero había en su pregunta cierto dejo de reproche, como si la alegría de los demás fuera un insulto a su propia pena. Edith adoptó, para responder, un tono neutro.

—Viendo los toros desde la barrera.

—Igual que yo. ¿No ha hablado Luis?

Edith hizo un signo negativo con la cabeza.

Jorge se apartó bruscamente al tiempo que decía:

—Es mejor.

¿Es mejor amputarse un miembro? Los médicos no recurren a esos extremos más que cuando la gangrena ha cundido, cuando las fracturas son irreparables. Pero en el caso de Luis y de Jorge ¿qué se había interpuesto? Por su edad, por sus condiciones peculiares, por el tiempo que habían mantenido la relación, la actitud tan definitiva de rechazo parecía incoherente. La intransigencia es propia de los jóvenes, la espontaneidad y la manía de dar un valor absoluto a las palabras, a los gestos, a las actitudes. Curiosa, Edith se prometió localizar a Luis e invitarlo a tomar el té juntos. Llevaría la conversación por temas indiferentes hasta que las defensas, de que su interlocutor llegaría bien pertrechado, fueran derrumbándose y diera libre curso a sus lamentaciones. De antemano se desilusionó con la certidumbre de que en el fondo del asunto no hallaría más que una sórdida historia de dinero (porque Jorge era avaro y Luis derrochador). ¡Dinero! Como si importara tanto. Cuando Edith se casó con Carlos ambos eran pobres como ratas y disfrutaron enormemente de sus abstenciones porque se sentían heroicos, y de sus despilfarres porque se imaginaban libres. Después él comenzó a tener éxito en su trabajo y ella a saber administrar los ingresos. La abundancia les iba bien y ni Carlos se amargaba pensando que había frustrado su genio artístico ni ella lo aguijoneaba con exigencias desmesuradas de nueva rica. El primer automóvil, la primera estola de mink, el primer collar de diamantes fueron acontecimientos memorables. Lo demás se volvió rutina, aunque nunca llegara al grado del hastío. Edith se preguntaba, a veces, si con la misma naturalidad con que había transitado de una situación a la otra sería capaz de regresar y se respondía, con una confianza en su aptitud innata y bien ejercitada para hallar el lado bueno —o pintoresco— de las cosas, afirmativamente.

—¿Por qué tan meditabunda, Edith?

Era Octavio. Edith detuvo en él sus negrísimos ojos líquidos —era un truco que usaba en ocasiones especiales— antes de contestar.

—Trato de ponerme a tono con la depresión reinante. Tú deberías estar más eufórico ya que eres un recién casado. Das muy mal ejemplo a los solteros. Los desanimas.

—Mi matrimonio es un fracaso.

—No puedes saberlo tan pronto.

—Lo supe desde el primer día, en el primer momento en que quedamos solos mi mujer y yo.

—¿Es frígida?

—Y como todas las frígidas, sentimental. Me ama. Me hace una escena cada vez que salgo a la calle y se niega a ir conmigo a ninguna parte.

—¿Aquí también?

—Aquí especialmente. Está celosa de ti.

—¡Pero qué absurdo!

—¿Por qué absurdo, Edith? Es en lo único en lo que tiene razón. Tú y yo somos… ¿cómo diré?, aliados naturales. Eres tan suave, tan dúctil… Después de ese papel de estraza con el que me froto el día entero sé apreciar mejor tus cualidades.

—No sé a quién agradecer el elogio: si a ella o a ti.

Un arrebol de vanidad halagada subió hasta su rostro. Para esconderlo Edith se volvió al ángulo en que charlaban Carlos y Lucrecia.

—Parecen un poco tensos —dijo señalando la pareja a Octavio—. Si Lucrecia sigue apretando la copa de ese modo va a acabar por romperla.

—¿Te preocupa?

—No. La copa es corriente.

Ambos rieron y ella hizo ademán de tenderse en la alfombra. Octavio arregló unos cojines para que se acomodara.

—¿Cómo va la pintura?

Edith había cerrado los ojos para entregarse a su bienestar.

—Hmmm. Se defiende.

Octavio se había recostado paralelamente a ella.

—Tienes que invitarme a tu estudio alguna vez.

Edith se irguió, excitada.

—¿Vas a explicarme lo que estoy haciendo?

—Si quieres. Y si no, no. Aunque no lo creas también sé estarme callado.

—¿De veras?

Edith se había vuelto a tender y a cerrar los ojos.

—Si tengo algo mejor qué hacer que hablar… o si me quedo boquiabierto de admiración. ¿Cuál de las dos alternativas te parece más probable?

De una manera casual Octavio enroscaba y desenroscaba en uno de sus dedos un mechón del pelo de Edith.

—No soy profetisa —murmuró ella fingiendo no haber advertido la caricia para permitir que se prolongara.

—¿Mañana entonces? ¿En la mañana?

Edith se desperezó bruscamente.

—¿Vas a dejar sola a tu mujer tan temprano? Es la hora en que las náuseas se agudizan.

—Para que veas de lo que soy capaz, me perderé ese delicioso espectáculo por ti.

—Corres el riesgo de no encontrarme. A veces salgo.

—Mañana no saldrás.

—¡Presumido!

Edith se puso de pie con agilidad para dar por terminada una conversación que no haría sino decaer al continuarse. Fingió que hacía falta hielo y fue a la cocina por él. Sorprendió en el teléfono a Vicente, frenético, insultando a alguien. Cuando se dio cuenta de que era observado, colgó la bocina.

—¿Renée? —preguntó tranquilamente Edith.

Vicente se golpeó la cabeza con los puños.

—¡Abortó! Ella sola, como un animal…

—Yo la vi representar esa escena de *La salvaje* de Anouilh en la Academia de Seki Sano. A pesar de las objeciones del Maestro, Renée no lo hacía mal.

Al ver el efecto que habían hecho sus palabras, Edith se acercó a Vicente dejando la cubeta de hielo en cualquier parte para tener libres las dos manos consoladoras.

—¡No lo tomes así! Ni siquiera sabes si esa criatura es tuya.

—¡No es el feto lo que me importa! ¡Es ella! No la creí capaz de ser tan despiadada.

—Y si te hubiera colgado el milagrito no la hubieras creído capaz de ser tan egoísta. ¿Qué puedes darle tú?

—Nada. Ni siquiera dinero para el sanatorio. Por eso tuvo que recurrir a… no sé qué medios repugnantes.

—Los parlamentos de *La salvaje*, cuando narra este hecho, son siniestros. No me extraña que te hayan alterado tanto… aunque los hayas oído sólo por teléfono.

—¿Crees que es teatro?

—Bueno… Renée es actriz.

—Pero lo que hizo… ¿o no lo hizo?

—En cualquiera de los dos casos no la culpes.

—¿Entonces qué? ¿Debo culparme yo?

—Tampoco. Renée no es ninguna criatura como para no saber cuáles son las precauciones que hay que tomar. Si se descuida que lo remedie ¿no?

—¡Muy fácil! Pero ahora ella me odia y yo la odio y los dos nos avergonzamos de nosotros mismos y ya nada podrá ser igual.

—Ay, Vicente, qué ingenuo eres. Todo vuelve a ser igual, con Renée o con otra. La vida es más bien monótona. Ya tendrás muchas oportunidades de comprobarlo.

—¿Y mientras tanto?

—Mientras tanto sirve de algo. Ayúdame a traer hielo y vasos de la cocina.

—¿Ha llegado más gente? Porque ando de un humor…

—No. Hugo se truena los dedos pensando si la alemana será capaz de dar correctamente la dirección al taxista.

—A lo mejor se va con el taxista. Sería más folclórico ¿no se te hace?

Edith sacudió la cabeza vigorosamente mientras vaciaba los cubitos de hielo.

—Estás instalado en el anacronismo. Esas cosas ya no pasan en México.

—En las películas que produce mi papá, sí.

—¿Y las ves? ¡Qué horror! De castigo te mando que cuando venga la alemana tú te estés muy quietecito ¿eh? La jugada que le hiciste con la francesa todavía no se le olvida.

—¡Chin! ¡Puro tabú! ¿Y con quién me voy a

consolar? ¿Tú no tienes ninguna amiga potable, Edith?

—Allí está Lucrecia.

—Dije potable y dije amiga. Todos sabemos que Lucrecia no viene por ti.

—Todos saben que yo soy la que insiste para que no falte a ninguna de nuestras reuniones. Es la única manera de tener con nosotros a Carlos.

—Realmente tratas a tu marido como si fuera indispensable.

—Lo es. En un matrimonio un marido siempre lo es.

—¡Burgueses repugnantes!

—Nunca he pretendido ser más que una burguesa. Una pequeña, pequeñita burguesa. ¡Y hasta eso cuesta un trabajo!

Cuando volvieron al salón Hildegard estaba despojándose de un abrigo absolutamente inoportuno. Hugo se desvivía por atenderla y Octavio se abalanzó a la primera mano que tuvo libre para besársela al modo europeo.

—¿Qué te parece? —preguntó Edith a Vicente en voz baja desde el umbral.

—Uno poco demasiado Rubens ¿no? A mí no me fascinan especialmente los expendios de carne.

—Mientras no te despachas con la cuchara grande ¿eh? Anda y saluda como el niño bien educado que Lucrecia no cree que eres.

Vicente hizo, ante la recién llegada, la ceremonia que el enseñaron sus preceptores con entrechocamiento de talones y todo. Hildegard pareció maravillada y dijo alguna frase en su idioma que Octavio se apresuró a traducir.

—"A un panal de rica miel..." —musitó Edith al oído del intérprete, pero Octavio únicamente prestaba atención a la copa que le ponían al alcance de la mano.

—Es un poco descortés que no nos presenten —dijo ahora Edith con la voz alta, bien modulada y clara.

Todos lo hicieron al unísono, con lo que la confusión natural de este acto se multiplicó hasta el punto de que ya nadie sabía quién era quién.

Edith se escabulló y fue a sentarse junto a Jorge porque Carlos y Lucrecia continuaban al margen, enfrascados en una discusión aparentemente muy intrincada.

—No te dejes ganar por la tristeza, Jorge. Los domingos son mortales. Pero luego viene el lunes y...

Vendría el lunes. Jorge pensó en el cuarto de hotel que ocupaba desde que lo abandonó Luis, desde que todos los días eran absolutamente idénticos. Envejecer a solas ¡qué horror! Y qué espectáculo tan ridículo en su caso. Sin embargo él lo había escogido así, había permitido que sucediera así. Porque a esa edad ya ni él ni Luis podrían encontrar más que compañías mercenarias y fugaces, caricaturas del amor, burlas del cuerpo.

Edith observaba las evoluciones de Octavio, su talentoso y sabio despliegue de las plumas de su cola de pavorreal ante los ojos ingenuos y deslumbrados de Hildegard. Y vio a Hugo mordiéndose las uñas de impotencia. Y a Vicente riendo por lo bajo, en espera de su oportunidad. Se vio a sí misma excluida de la intimidad de Carlos y Lucrecia, del dolor de Jorge, del juego de los otros. Se vio a sí misma, borrada por la ausencia de Rafael y un aire de decepción estuvo a punto de ensombrecerle el rostro. Pero recordó la tela comenzada en su estudio, el roce peculiar del pantalón de pana contra sus piernas; el sweater viejo, tan natural como una segunda piel. Lunes. Ahora recordaba, además, que había citado al jardinero. Inspeccionarían juntos ese macizo de hortensias que no se quería dar bien.

Cabecita blanca

La señora Justina miraba, como hipnotizada, el retrato de ese postre, con merengue y fresas, que ilustraba (a todo color) la receta que daba la revista. Le receta no era para los momentos de apuro —cuando el marido llega a la casa a las diez de la noche con invitados a cenar: compañeros de trabajo, el Jefe que estaba de buen humor y, casualmente, sin ningún compromiso; algún amigo de la adolescencia con el que se topó en la calle— y había que portarse a la altura de las circunstancias. No, la receta era para las grandes ocasiones: la invitación formal al Jefe al que se pensaba pedir un aumento de sueldo o de categoría; la puntilla al prestigio culinario y legendario de la suegra; la batalla de la reconquista de un esposo que empieza a descarriarse y quiere probar su fuerza de seducción en la jovencita que podía ser la compañera de estudios de su hija.

—Hola, mamá. Ya llegué.

La señora Justina apartó la mirada de aquel espejismo que ayudaba a fabricar su hambre de diabética sujeta a régimen y examinó con detenimiento, y la consabida decepción, a su hija Lupe. No, no se parecía, ni remotamente, a las hijas que salen en el cine que si llegaban a estas horas era porque se habían ido de paseo con un novio que trató de seducirlas y no logró más que despeinarlas o con un pretendiente tan respetuoso y de tan buenas intenciones que producía el efecto protector de una última rociada de spray sobre el crepé, laboriosamente organizado en el salón de belleza. No, Lupe no venía... descompuesta. Venía fatigada, aburrida, harta, como si hubiera estado en una ceremonia eclesiástica o merendando con unas amigas tan solitarias, tan sin nada qué hacer ni de qué hablar como ella. Sin embargo, la señora Justina se sintió en la obligación de clamar:

—No le guardas el menor respeto a la casa... entras y sales a la hora que te da la gana, como si fueras hombre... como si fuera un hotel... no das cuenta a nadie de tus actos... si tu pobre padre viviera...

Por fortuna su pobre padre estaba muerto y enterrado en una tumba a perpetuidad en el Panteón Francés. Muchos criticaron a la señora Justina por derrochadora pero ella pensó que no era el momento de reparar en gastos cuando se trataba de una ocasión única y, además, solemne. Y ahora, bien enterrado, no dejaba de ser un detalle de buen gusto invocarlo de cuando en cuando, sobre todo porque eso permitía a la señora Justina comparar su tranquilidad actual con sus sobresaltos anteriores. Acomodada exactamente en medio de la cama doble, sin preocuparse de si su compañero llegaría tarde (prendiendo luces a diestra y siniestra y haciendo un escándalo como si fueran horas hábiles) o de si no llegaría porque había tenido un accidente o había caído en las garras de una mala mujer que mermaría su fortaleza física, sus ingresos económicos y su atención —ya de por sí escasa— a la legítima.

Cierto que la señora Justina siempre había tenido la virtud de preferir un esposo dedicado a las labores propias de su sexo en la calle que uno de esos maridos caseros que revisan las cuentas del mercado, que destapan las ollas de la cocina para probar el sazón de los guisos, que se dan maña para descubrir los pequeños depósitos de polvo en los rincones y que deciden experimentar las novísimas doctrinas pedagógicas en los niños.

—Un marido en la casa es como un colchón en el suelo. No lo puedes pisar porque no es propio; ni saltar porque es ancho. No te queda más que ponerlo en su sitio. Y el sitio de un hombre es su trabajo, la cantina o la casa chica.

Así opinaba su hermana Eugenia, amargada como todas las solteronas y, además, sin ninguna idea de lo que era el matrimonio. El lugar adecuado para un marido era en el que ahora reposaba su difunto Juan Carlos.

Por su parte, la señora Justina se había portado como una dama: luto riguroso dos años, lenta y progresiva recuperación, telas a cuadros blancos y negros y ahora el ejemplo vivo de la conformidad con los designios de la Divina Providencia: colores serios.

—Mamá, ayúdame a bajar el cierre, por favor.

La señora Justina hizo lo que le pedía Lupe y no desaprovechó la ocasión de ponderar una importancia que sus hijos tendían a disminuir.

—El día en que yo te falte…

—Siempre habrá algún acomedido ¿no crees? Que me baje el cierre aunque no sea más que por interés de los regalos que yo le dé.

He aquí el resultado de seguir los consejos de los especialistas en relaciones humanas: "sea usted amiga, más que madre; aliada, no juez". Muy bien. ¿Y ahora qué hacía la señora Justina con la respuesta que ni siquiera había provocado? ¿Poner el grito en el cielo? ¿Asegurarle a Lupe que le dejaría en su testamento lo suficiente como para que pudiera pagarse un servicio satisfactorio de baja-cierres? Por Dios, en sus tiempos una muchacha no se daba por entendida de ciertos temas por respeto a la presencia de su madre. Pero ahora, en los tiempos de Lupe, era la madre la que no debía darse por entendida de ciertos temas que tocaba su hija.

¡Las vueltas que da el mundo! Cuando la señora Justina era una muchacha se suponía que era tan inocente que no podía ser dejada sola con un hombre sin que él se sintiera tentado de mostrarle las realidades de la vida subiéndole las faldas o algo. La señora Justina había usado, durante toda la época de su soltería y, sobre todo, de su noviazgo, una especie de refuerzo de manta gruesa que le permitía resistir cualquier ataque a su pureza hasta que llegara el auxilio externo. Y que, además, permitía a su familia saber con seguridad que si el ataque había tenido éxito fue porque contó con el consentimiento de la víctima.

La señora Justina resistía siempre con arañazos y mordiscos las asechanzas del demonio. Pero una vez sintió que estaba a punto del desfallecimiento. Se acomodó en el sofá, cerró los ojos... y cuando volvió a abrirlos estaba sola. Su tentador había huido, avergonzado de su conducta que estuvo a punto de llevar a una joven honrada al borde del precipicio. Jamás procuró volver a encontrarla pero cuando el azar los reunía él la miraba con extremo desprecio y si permanecían lo suficientemente próximos como para poder hablarle al oído sin ser escuchado más que por ella, le decía:

—¡Piruja!

La señora Justina pensó en el convento como único resguardo contra las flaquezas de la carne pero el convento exigía una dote que el mediano pasar de su padre —bendecido por el cielo con cinco hijas solteras— convertía en un requisito imposible de cumplir. Se conformó, pues, con afiliarse a cofradías piadosas y fue en una reunión mixta de la ACJM donde conoció al que iba a desposarla.

Se amaron, desde el primer momento, en Cristo y se regalaban, semanalmente, ramilletes espirituales. "Hoy renuncié a la ración de cocada que me correspondía como postre y cuando mi madre insistió en que me alimentara, fingí un malestar estomacal. Me llevaron a mi cuarto y me dieron té de manzanilla, muy amargo. Ay, más amarga era la hiel en que empaparon la esponja que se acercó a los labios de

Nuestro Señor cuando, crucificado, se quejaba de tener sed."

La señora Justina se sentía humilladísima por los alcances de Juan Carlos. Lo de la cocada a cualquiera se le ocurría, pero lo de la esponja... Se puso a repasar el catecismo pero nunca atinó a establecer ningún nexo entre los misterios de la fe o los pasos de la historia divina y los acontecimientos cotidianos. Lo que le sirvió, a fin de cuentas (por aquel precepto evangélico de que los que se humillen serán ensalzados) para comprobar que los caminos de la Providencia son inescrutables. Gracias a su falta de imaginación, a su imposibilidad de competir con Juan Carlos, Juan Carlos cayó redondo a sus pies. Dijera lo que dijera provocaba siempre un ¡ah! de admiración tanto en la señora Justina cuanto en el eco dócil de sus cuatro hermanas solteras. Fue con ese ¡ah! con el que Juan Carlos decidió casarse y su decisión no pudo ser más acertada porque el eco se mantuvo incólume y audible durante todos los años de su matrimonio y nunca fue interrumpido por una pregunta, por un comentario, por una crítica, por una opinión disidente.

Ahora, ya desde el puerto seguro de la viudez —inamovible, puesto que era fiel a sus recuerdos y puesto que había heredado una pensión suficiente para sus necesidades— la señora Justina pensaba que quizá le hubiera gustado aumentar su repertorio con algunas otras exclamaciones. La de la sorpresa horrorizada, por ejemplo, cuando vio por primera vez, desnudo frente a ella y frenético, quién sabe por qué, a un hombre al que no había visto más que con la corbata y el saco puestos y hablando unciosamente del patronazgo de San Luis Gonzaga al que había encomendado velar por la integridad de su juventud. Pero le selló los labios el sacramento que, junto con Juan Carlos, había recibido unas horas antes en la Iglesia y la advertencia oportuna de su madre quien, sin entrar en detalles, por supuesto, la puso al tanto de que en el matrimonio no era oro todo lo que relucía. Que estaba lleno de asechanzas y peligros que ponían a prueba el temple de carácter de la esposa. Y que la virtud suprema que había que practicar si se quería merecer la palma del martirio (ya que a la de la virginidad se había renunciado automáticamente al tomar el estado de casada) era la virtud de la prudencia. Y la señora Justina entendió por prudencia el silencio, el asentimiento, la sumisión.

Cuando Juan Carlos se volvió loco la noche misma de la boda y le exigió realizar unos actos de contorsionismo que ella no había visto ni en el Circo Atayde, la señora Justina se esforzó en complacerlo y fue lográndolo más y más a medida que adquiría práctica. Pero tuvo que calmar sus escrúpulos de conciencia (¿no estaría contribuyendo al empeoramiento de una enfermedad que quizá era curable cediendo a los caprichos nocturnos de Juan Carlos en vez de llevarlo a consultar con un médico?) en el confesionario. Allí el señor cura la tranquilizó asegurándole que esos ataques no sólo eran naturales sino transitorios y que con el tiempo irían perdiendo su intensidad, espaciándose hasta desaparecer por completo.

La boca del Ministro del Señor fue la de un ángel. A partir del nacimiento de su primer hijo Juan Carlos comenzó a dar síntomas de alivio. Y gracias a Dios, porque con la salud casi recuperada por completo podía dedicar más tiempo al trabajo en el que ya no se daba abasto y tuvieron que conseguirle una secretaria.

Muchas veces Juan Carlos no tenía tiempo de llegar a comer o a cenar a su casa o se quedaba en juntas de consejo hasta la madrugada. O sus jefes le hacían el encargo de vigilar las sucursales de la Compañía en el interior de la República y se iba, por una semana, por un mes, no sin recomendar a la familia que se cuidara y que se portara bien. Porque ya para entonces la familia había crecido: después del varoncito nacieron dos niñas.

El varoncito fue el mayor y si por la señora Justina hubiera sido no habría encargado ninguna otra criatura porque los embarazos eran una verdadera cruz, no sólo para ella, que los padecía en carne propia, sino para todos los que la rodeaban. A deshoras del día o de la noche le venía un antojo de nieve de guanábana y no quedaba más remedio que salir a buscarla donde se pudiera conseguir. Porque ninguno quería que el niño fuera a nacer con alguna mancha en la cara o algún defecto en el cuerpo, como consecuencia de la falta de atención a los deseos de la madre.

En fin, la señora Justina no tenía de qué quejarse. Allí estaban sus tres hijos buenos y sanos y Luisito (por San Luis Gonzaga, del que Juan Carlos seguía siendo devoto) era tan lindo que lo alquilaban como niño Dios en la época de los nacimientos.

Se veía hecho un cromo con su ropón de encaje y con sus caireles rubios que no le cortaron hasta los doce años. Era muy seriecito y muy formal. No andaba, como todos los otros muchachos de su edad, buscando los charcos para chapotear en ellos ni trepándose a los árboles ni revolcándose en la tierra. No, él no. La ropa le dejaba de venir, y era una lástima, sin un remiendo, sin una mancha, sin que pareciera haber sido usada. Le dejaba de venir porque había crecido. Y era un modelo de conducta. Comulgaba cada primer viernes, cantaba en el coro de la Iglesia con su voz de soprano, tan limpia y tan bien educada que, por fortuna, conservó siempre. Leía, sin que nadie se lo mandara, libros de edificación.

La señora Justina no hubiera pedido más pero Dios le hizo el favor de que, aparte de todo, Luisito fuera muy cariñoso con ella. En vez de andar de parranda (como lo hacían sus compañeros de colegio, y de colegio de sacerdotes ¡qué horror!) se quedaba en la casa platicando con ella, deteniéndole la madeja de estambre mientras la señora Justina la enrollaba, preguntándole cuál era su secreto para que la sopa de arroz le saliera siempre tan rica. Y a la hora de dormirse Luisito le pedía, todas las noches, que fuera a arroparlo como cuando era niño y que le diera la bendición. Y aprovechaba el momento en que la mano de la señora Justina quedaba cerca de su boca para robarle un beso. ¡Robárselo! Cuando ella hubiera querido darle mil y mil y mil y comérselo de puro cariño. Se contenía por no encelar a sus otras hijas y ¡quién iba a creerlo!, por no tener un disgusto con Juan Carlos.

Que, con la edad, se había vuelto muy majadero. Le gritaba a Luisito por cualquier motivo y una vez, en la mesa, le dijo... ¿qué fue lo que le dijo? La señora Justina ya no se acordaba pero ha de haber sido algo muy feo porque ella, tan comedida siempre, perdió la paciencia y jaló el mantel y se vino al suelo toda la vajilla y el caldo salpicó las piernas de Carmela, que gritó porque se había quemado y Lupe aprovechó la oportunidad para que le diera el soponcio y Juan Carlos se levantó, se puso su sombrero y se fue, muy digno, a la calle de la que no volvió hasta el día de la quincena.

Luisito... Luisito se separó de la casa porque la situación era insostenible. Había conseguido un trabajo muy bien pagado en un negocio de decoración. Lo del trabajo debía de haberle tapado la boca a su padre, pero ¡qué esperanzas! Seguía diciendo barbaridades hasta que Luisito optó por venir a visitar a la señora Justina a las horas en que estaba seguro de no encontrarse con el energúmeno de su papá.

No tenía que complicarse mucho. La señora Justina estaba sola la mayor parte del día, con las muchachas ya encarriladas en una oficina muy decente y con el marido sabe Dios dónde. Metido en problemas, seguro. Pero de eso más valía no hablar porque Juan Carlos se irritaba cuando su mujer no entendía lo que le estaba diciendo.

Una vez la señora Justina recibió un anónimo en el que "una persona que la estimaba" la ponía al corriente de que Juan Carlos le había puesto casa a su secretaria. La señora Justina estuvo mucho rato viendo aquellas letras desiguales, groseramente escritas, que no significaban nada para ella, y acabó por romper el papel sin comentar nada con nadie. En esos casos la caridad cristiana manda no hacer juicios temerarios. Claro que lo que decía el anónimo podía ser verdad. Juan Carlos no era un santo sino un hombre y como todos los hombres, muy material. Pero mientras a ella no le faltara nada en su casa y le diera su lugar y respeto de esposa legítima, no tenía derecho a quejarse ni por que armar alborotos.

Pero Luisito, que estaba pendiente de todos los detalles, pensó que su mamá estaba triste tan abandonada y el diez de mayo le regaló una televisión portátil. ¡Qué cosas se veían, Dios del cielo! Realmente los que escriben las comedias ya no saben ni qué inventar. Unas familias desavenidas en las que cada quien jala por su lado y los hijos hacen lo que se les pega la gana sin que los padres se enteren. Unos maridos que engañan a las esposas. Y unas esposas que no eran más tontas porque no eran más grandes, encerradas en sus casas, creyendo todavía lo que les enseñaron cuando eran chiquitas: que la luna es queso.

¡Válgame! ¿Y si esas historias sucedieran en la realidad? ¿Y si Luisito fuera encontrándose con una mañosa que lo enredara y lo obligara a casarse con ella? La señora Justina no descansó hasta que su hijo le prometió formalmente que nunca, nunca, nunca se casaría sin su consentimiento. Además ¿por qué se preocupaba? Ni siquiera tenía novia. No le hacía ninguna falta, decía, abrazándola, mientras tuviera con él a su mamacita.

Pero había que pensar en el mañana. La señora Justina no le iba a durar siempre. Y aunque le durara. No estaba bien que Luisito viviera como un gitano.

Para desengañarla Luisito la llevó a conocer su departamento. ¡Qué precioso lo había arreglado! No en balde era decorador. Y en cuanto a servicio había conseguido un mozo, Manolo, porque las criadas son muy inútiles, muy sucias y todas las mujeres, salvo la señora Justina, su mamá, muy malas cocineras.

Manolo parecía servicial: le ofreció té, le arregló los cojines del sillón en el que la señora Justina iba a sentarse, le quitó de encima el gato que se empeñaba en sobarse contra sus piernas. Y, además, Manolo era agradable, bien parecido y bien presentado. Menos mal. Se había sacado la lotería con Luisito porque lo trataba con tantos miramientos como si fuera su igual: le permitía comer en la mesa y dormir en el *couch* de la sala porque el cuarto de la azotea, que era el que le hubiera correspondido, tenía muy buena luz y se usaba como estudio.

La única espina era que Luisito y Juan Carlos no se hubieran reconciliado. No iba a ceder el rigor del padre ni el orgullo del hijo sino ante la coyuntura de la última enfermedad. Y la de Juan Carlos fue larga y puso a prueba la ciencia de los médicos y la paciencia de los deudos. La señora Justina se esmeraba en cuidar a su marido, que nunca tuvo buen temple para los achaques y que ahora no soportaba sus dolores y molestias sin desahogarse sobre su esposa encontrando torpes e inoportunas sus sugerencias, insuficientes sus desvelos, inútiles sus precauciones. Sólo ponía buena cara a las visitas: la de sus compañeros de trabajo, que empezaron siendo frecuentes y acabaron como las apariciones del cometa. La única constante fue la secretaria (¡pobrecita, tan vieja ya, tan canosa, tan acabada! ¿Cómo era posible que alguien se hubiera cebado en su fama calumniándola?) y traía siempre algún agrado: revistas, frutas que Juan Carlos alababa con tanta insistencia que sus hijas salían disgustadas del cuarto. ¡Muchachas díscolas! En cambio Luisito guardaba la compostura, como bien educado que era, y por delicadeza, porque no sabía cómo iba a ser recibido por su padre, la primera vez que quiso hacerle un regalo no se lo entregó personalmente sino que encargó a Manolo que lo hiciera.

Fue así como Manolo entró por primera vez en la casa de la señora Justina y supo hacerse indispensable a todos, al grado de que ya a ninguno le importaba que viniera acompañando a Luisito o solo. Sabía poner inyecciones, preparaba platillos de sorpresa después del último programa de televisión y acompañaba a la secretaria de regreso a su casa que, por fortuna, no quedaba muy lejos —unas dos o tres cuadras— y se llegaba fácilmente a pie.

En el velorio de Juan Carlos más parecía Manolo un familiar que un criado y nadie tomó a mal que recibiera el pésame vestido con un traje de casimir negro que Luisito le compró especialmente para esa ocasión.

Tiempos felices. A duras penas se prolongaron durante el novenario pero después la casa volvió a quedar como vacía. La secretaria se fue a vivir a Guanajuato, a las muchachas no les alcanzaba el tiempo repartido entre el trabajo y las diversiones. El único que, por más ocupado que estuviera siempre se hacía un lugar para darle un beso a su "cabecita blanca" —como la llamaba cariñosamente— era Luisito. Y Manolo caía de cuando en cuando con un ramo de flores, más que para halagar a la señora Justina (eso no se le escapaba a ella, ni que fuera tonta) para lucir algún anillo de piedra muy vistosa, un pisacorbata de oro, un par de mancuernas tan payo que decía a gritos que su dueño nunca antes había tenido dinero y que no sabía cómo gastarlo.

Las muchachas se burlaban de él diciéndole que no fuera malo, que no les hiciera la competencia y anunciándole que si alguna vez conseguían novio no iban a presentárselo para no correr el riesgo de que las plantara y se fuera con su rival. Manolo se reía haciendo unos visajes muy chistosos y cuando Carmela, la mayor, le comunicó a su familia que iba a casarse con un compañero de trabajo y organizaron una fiestecita para formalizar las relaciones, Manolo se comprometió a ayudar en la cocina y a servir la mesa. Así se hizo pero Carmela se olvidó de Manolo a la hora de las presentaciones y Manolo entraba y salía de la sala donde todos estaban platicando como si él no existiera o como si fuera un criado.

Cuando los invitados se despidieron Manolo estaba llorando de sentimiento sobre la estufa salpicada de la grasa de los guisos. Entonces entró Carmela palmeteando de gusto porque le había ganado la apuesta. ¿Ya no se acordaba de que quedaron de que si alguna vez tenía novio no se lo iba a presentar a Manolo? Bueno, pues había mantenido su palabra y ahora exigía que Manolo le cumpliera porque además se lo tenía bien merecido por presuntuoso y coqueto. Manolo lloraba más fuerte y se fue dando un portazo. Pero al día siguiente ya estaba allí, con una caja de chocolates para Carmela, y dispuesto a entrar en la discusión de los detalles del traje de bodas y los adornos de la Iglesia.

¡Pobre Carmela! ¡Con cuánta ilusión hizo sus preparativos! Y desde el día en que regresó de la luna de miel no tuvo sosiego: un embarazo muy difícil, un parto prematuro a los siete meses exactos como que contribuyeron a alejar al marido, ya desobligado de por sí, que acabó por abandonarla y aceptar un empleo como agente viajero en el que nadie supo ya cómo localizarlo.

Carmela se mantenía sola y le pedía a la señora Justina que la ayudara cuidando a los niños. Pero en cuanto estuvieron en edad de ir a la escuela se fueron distanciando cada vez más y no se reunían más que en los cumpleaños de la señora Justina, en las fiestas de Navidad, en el día de las madres.

A la señora Justina le molestaba que Carmela pareciera tan exagerada para arreglarse y para vestirse y que estuviera siempre tan nerviosa. Por más que gritaba los niños no la obedecían y cuando ella los amenazaba con pegarles ellos la amenazaban, a su vez, con contarle a su tío a qué horas había llegado la noche anterior y con quien.

La señora Justina no alcanzaba a entender por qué Carmela temía tanto a Luisito pues en cuanto sus hijos decían "mi tío" ella les permitía hacer lo que les daba la gana. Temer a Luisito, que era una dama y que ahora andaba de viaje por los Estados Unidos con Manolo, era absurdo; pero cuando la señora Justina quiso comentarlo con Lupe no tuvo como respuesta más que una carcajada.

Lupe estaba histérica, como era natural, porque nunca se había casado. Como si casarse fuera la vida perdurable. Pocas tenían la suerte de la señora Justina que se encontró un hombre bueno y responsable. ¿No se miraba en el espejo de su hermana que andaba siempre a la cuarta pregunta? Lupe, en cambio, podía echarse encima todo lo que ganaba: ropa, perfumes, alhajas. Podía gastar en paseos y viajes o en repartir limosna entre los necesitados.

Cuando Lupe escuchó esta última frase estalló en improperios: la necesitada era ella, ella que no tenía a nadie que la hubiera querido nunca. Le salían, como espuma por la boca, nombres entremezclados, historias sucias, quejas desaforadas. No se calmó hasta que Luisito —que regresó de muy mal humor de los Estados Unidos donde se le había perdido Manolo— le plantó un par de bofetadas bien dadas.

Lupe lloró y lloró hasta quedarse dormida. Después como si se le hubiera olvidado todo, se quedó tranquila. Pasaba sus horas libres tejiendo y viendo la televisión y no se acostaba sin antes tomar una taza de té a la que añadía el chorrito de una medicina muy buena para… ¿para qué?

¡Qué cabeza! A la señora Justina se le confundía todo y no era como para asombrarse. Estaba vieja, enferma. Le habría gustado que la rodearan los nietos, los hijos, como en las estampas antiguas. Pero eso era como una especie de sueño y la realidad era que nadie la visitaba y que Lupe, que vivía con ella, le avisaba muy seguido que no iba a comer o que se quedaba a dormir en casa de una amiga.

¿Por qué Lupe nunca correspondía a las invitaciones haciendo que sus amigas vinieran a la casa? ¿Por no dar molestias? Pero si no era ninguna molestia, al contrario… Pero Lupe ya no escuchaba el parloteo de su madre, bajando de prisa, de prisa los escalones, abriendo la puerta de la calle.

Cuando Lupe se quedaba, porque no tenía dónde ir, tampoco era posible platicar con ella. Respondía con monosílabos apenas audibles y si la señora Justina la acorralaba para que hablara adoptaba un tono de tal insolencia que más valía no oírla.

La señora Justina se quejaba con Luisito, que era su paño de lágrimas, esperanzada en que él la rescataría de aquel infierno y la llevaría a su departamento, ahora que Manolo ya no vivía allí y no había sirviente que le durara: ladrones unos, igualados los otros, inconstantes todos, lo mataban a cóleras. Pero Luisito no daba su brazo a torcer ni decidiéndose a casarse (que ya era hora, ya se pasaba de tueste) ni volviendo a casa de su madre (que lo hubiera recibido con los brazos abiertos) ni pidiendo una ayuda que la señora Justina le hubiera dado con tanto gusto.

Porque así como se había desentendido de Carmela y como estaba dispuesta a abandonar a Lupe (eran mujeres, al fin y al cabo, podían arreglárselas solas) así no podía sosegar pensando en Luisito que no tenía quien lo atendiera como se merecía y que, para no molestarla —porque con lo de la diabetes se cansaba muy fácilmente— ya ni siquiera la llevaba a su casa.

En lo que no fallaba, eso sí, era en visitarla a diario, siempre con algún regalito, siempre con una sonrisa. No con esa cara de herrero mal pagado, con esa mirada de basilisco con que Lupe se asomaba a la puerta de la recámara de la señora Justina para darle las buenas noches.

Álbum de familia

El mar se había batido la noche entera contra la oscuridad y Cecilia, entre sueños, había soñado que alguna vez las olas se detenían en ese límite en el que ¿por qué? abandonaban su fuerza para comenzar a retroceder, como arrepentidas del ímpetu que las había llevado tan lejos, sólo para arrepentirse de su arrepentimiento y volver a comenzar. Temió que alguna vez el ímpetu no mermaría y seguiría empujando hasta arrasar los refugios del hombre, las cabañas de los pescadores, las enramadas de los paseantes, este lujoso hotel de la playa en el que Cecilia se alojaba desde ayer.

El estruendo de afuera no disminuyó con el día. Sólo que la claridad lo despojó de su horror al reducir la inconmensurabilidad a un espectáculo que podía contemplarse —impune, tranquila, placenteramente— desde la terraza, uno de los motivos por los que el precio de estas habitaciones era más caro.

Cecilia no habría advertido tal detalle si Susana no le hubiera llamado la atención sobre él. Asimismo le comunicó el halago que experimentaba por el hecho de ser objeto de atenciones como la ya mencionada (la vista al mar) y como otras, no menos importantes (el desayuno servido en la cama) que se reservaban a los visitantes distinguidos entre los cuales era obvio que ambas podían contarse.

A Cecilia no la asombró más esta distinción de lo que ya la había asombrado el hecho de que Matilde Casanova, la poetisa mexicana recientemente agraciada con el Premio de las Naciones, al regresar a su patria y estando imposibilitada para subir hasta la meseta por motivos de salud que la obligaban a permanecer durante algún tiempo en la costa, hubiera consentido no únicamente en recibirlas, a ella y a Susana, en una audiencia breve y aun pública, tal como la solicitaron ante su secretaria, a nombre del alumnado de la Facultad de Filosofía y Letras para rendir homenaje a la escritora y a la maestra, sino que extremó su generosidad hasta el punto de retenerlas como sus invitadas de fin de semana.

Tal favor, hasta ahora, había sustituido al de la audiencia. Ni Cecilia ni su compañera habían tenido acceso hasta el Olimpo en el que habitaba Matilde, agobiada de compromisos oficiales, asediada por personajes del mundo de la política, de la cultura y hasta de las finanzas, acechada por los fotógrafos, perseguida por los cazadores de autógrafos, rodeada siempre de curiosos, tanto profesionales como aficionados.

Pero la cita se había fijado, por fin, para hoy a las once de la mañana. Cecilia y Susana serían recibidas por Matilde, junto con un grupo de escritoras a las que la secretaria de la poetisa laureada, una tal Victoria Benavides, acaso no muy al tanto de las jerarquías ni de las novedades, las había asimilado.

Cecilia y Susana no sólo fueron puntuales sino más aún: inoportunas. Llegaron al salón en el momento en que Victoria —una mujer de mediana edad y que exhibía en una apariencia discreta una eficacia latente— se esforzaba, con argumentos, por echar a una reportera.

—Le repito que no se trata de ningún acto solemne. Mera rutina. Antiguas alumnas que, desde luego no han superado a su maestra…

—¿Tan antiguas como estas criaturas? —replicó la periodista con desconfianza señalando a Cecilia y a Susana—. La ausencia de Matilde Casanova ha sido lo suficientemente larga como para dar tiempo a que muchachas como éstas nazcan, y hasta se reproduzcan. Así que no trate engañarme… o trate de hacerlo mejor.

—Ellas (repuso Victoria señalando de nuevo Cecilia y a Susana que servían como punto constante de referencia pero que no intervenían de otro modo en la disputa) son la excepción. Pero aunque no lo fueran y aunque la reunión que va a tener lugar fuera importante, continuaría prohibiéndole la entrada porque ésas son las órdenes que he recibido de Matilde.

—No creo que la señora Casanova sea tan imprudente para rechazar así a la prensa, cuando tiene tanto que agradecerle.

—Y tanto que temerle ¿o no era eso lo que quería usted decir? Matilde es imprudente pero no come lumbre. Con los periodistas del mundo entero, ha sido más que amable: ha sido pródiga.

Los ha recibido como gremio y como individuos; los ha enfrentado con todas las indiscreciones que parecen ser el signo distintivo de esta profesión; ha perdonado las impertinencias de los audaces y las reiteraciones de los ignorantes; ha rectificado los errores de los precipitados y no ha insistido en corregir las aseveraciones de los malevolentes. ¿Qué más pide usted?

—Mi parte. Lo que Matilde ha hecho lo ha hecho con otros, en otros lugares. Yo ni siquiera la conozco.

—¿Qué me das si te dejo pasar? El borriquito que viene atrás. Así dice el juego infantil. Recuerdo la letra pero no acierto a recordar la música.

—Será porque no tiene música.

—¿No? Yo hubiera jurado… Es curioso el funcionamiento de la memoria. Desde que llegamos a México no han cesado de representárseme imágenes que yo creía borradas para siempre. Pero discúlpeme, no son mis confidencias las que le interesan, sino las de Matilde.

—Tampoco es Matilde. Es el único Premio Internacional que hasta ahora se ha discernido entre los escritores mexicanos. Y el tercero que se concede a un escritor hispanoamericano.

—Sí, Hispanoamérica ha sido muy favorecida por la naturaleza y muy poco por la cultura.

—Además, en dos casos, se trata de mujeres.

—¿Es usted feminista?

—¿Tengo cara de chuparme el dedo o facha de estar loca? No, de ninguna manera soy feminista. En mi trabajo necesito contar con la confianza de los hombres y con la amistad de las mujeres. En mi vida privada no he renunciado aún ni al amor ni al matrimonio.

Victoria sonrió con una mezcla de burla y de tristeza.

—Veo que el clima del país no ha cambiado mucho durante mi ausencia.

—No supo aprovecharla —replicó incisivamente la otra.

—¿Y cómo interpretan —me refiero a los que enarbolan el pendón del machismo nacional—, cómo digieren, cómo soportan, cómo perdonan el triunfo de Matilde?

—Como cualquier otro campeonato. El campeón desaparece tras el halo de gloria y el mérito se reparte entre todos sus compatriotas.

—Aun entre los que pusieron los mayores obstáculos para que la hazaña se llevara al cabo.

—Especialmente entre ellos, si no me equivoco y usted se ha referido a los colegas de Matilde. Yo hice una encuesta —que ningún periódico se atrevió a publicar, como era de rigor (porque Matilde Casanova es una institución tan intocable ya como Cantinflas o Rodolfo Gaona o qué se yo), en la que recogí versiones muy interesantes y contrapuestas respecto al famoso Premio. Pero había un punto en el cual todos estaban de acuerdo: que lograrlo para México había sido una obra maestra de nuestra diplomacia. Antes de que Chile pudiera empezar a vanagloriarse de Gabriela Mistral y su Nobel se le dio machetazo al caballo de espadas.

—Pero el Nobel tiene más prestigio ¿no?

—Lo perdió durante la guerra. Esas concesiones a un bando y a otro, ese caso Churchill que fue la gota de agua que colmó el vaso, acabó por obligarlos a apartar los ojos de Europa y Asia y volverlos al resto del mundo.

—Es decir, África, Oceanía, Latinoamérica.

—Los dos primeros no cuentan todavía culturalmente. Y Latinoamérica, aparte de contar, es un mercado muy prometedor para los productos escandinavos.

—¡Qué maquiavelismo tan rebuscado! En fin, supongamos que esos cálculos sean exactos, no me importa. Los suecos apuntan directamente a Chile, como si no existiera ni Argentina que, entre otras cosas, conservó la neutralidad...

—Nominalmente.

—...O Brasil, que según Zweig, es el país del futuro.

—¡No siga, cállese, antes de que la acusen de traicionar a la patria! Porque México es, de todos los países de este hemisferio (excluyo a los Estados Unidos porque es otro planeta) el único que ha llevado al cabo una revolución sui generis; el único que progresa a un ritmo cada vez más acelerado e incontenible; el único que alcanza cada día una meta de justicia social; el único que se enorgullece de su estabilidad interna; el único que mantiene una política exterior coherente y digna; el único…

—¿Qué clase de letanía está usted recitando?

—Los dogmas en cuya validez creen veinte millones de mexicanos que, como dice otro dogma, no pueden estar equivocados.

—¡Dios santo! ¿Y eso se declama así, sin ruborizarse?

—Se declama en tono de desafío… por si las dudas. Aunque esas dudas hayan sido prácticamente disipadas después de que México ha sido ungido por el óleo sagrado del Premio de las Naciones. Flamante, impoluto aún y trascendental.

—En nuestra época solía ser de buen gusto la modestia.

—Y ahora el extremo opuesto.

—Bueno, ya acabaré por entender, y por asumir también, esta actitud.

—Está basada en hechos históricos y estadísticos rigurosamente comprobables.

—Me lo imagino. Lo que tiene usted que barajarme más despacio es por qué en este país, entre cuyos privilegios está el de ser también el único en el que ha hecho sus apariciones la Virgen de Guadalupe, escogieron a Matilde habiendo tantos otros escritores y tanto más importantes.

—Por razones de equilibrio. Los otros que usted señala son más o menos del mismo rango y tienen bien establecidas sus rivalidades mutuas y sostienen unas competencias encarnizadas. Pero Matilde empieza por colocarse más allá del bien y del mal gracias a un pequeño detalle: el sexo. Una mujer intelectual es una contradicción en los términos, luego no existe.

—Y, claro, a la izquierda pueden colocarse cuantos ceros se quieran sin peligro de que resulte ninguna cantidad. Eso es correcto en cuanto se refiere a la persona de Matilde. ¿Pero y sus libros?

—¡Los temas son tan inocuos! Un paisaje en el que se diluye un Dios sin nombre, sin cara, sin atributos; unas vagas efusiones de fraternidad universal, nada de lo cual alcanza a cristalizar en una ideología... No, no pierda el tiempo rebatiendo estos argumentos porque no son míos. Son las palabras textuales de *ellos*, que yo no hago más que transcribir, sin comprenderlas siquiera porque no he leído nunca una línea de Matilde. Añada usted, por último, sus largos años de exilio.

—Un exilio no voluntario. Matilde ha partido para obedecer las órdenes de su Gobierno, que veía en ella a la representante más idónea cuando se trataba de una misión de acercamiento, de un testimonio amistoso, de un viaje de buena voluntad.

—De acuerdo. Este alejamiento, aparte de romper sus vínculos con capillas, con grupos, contribuyó a idealizar su figura hasta hacer de ella un mito que ha devorado a la persona tanto como a la obra. Un mito es una especie de pararrayos: atrae las fuerzas que vienen de lo alto.

—Así que por eso descargó en ella el Premio. Bien, no es posible negar que la envidia posee una clarividencia peculiar. Y mis paisanos son envidiosos como buenos descendientes de españoles. Supongo que será de parte de los indios que heredaron la hipocresía suficiente como para organizar las peregrinaciones que llegan hasta aquí a felicitar, a congratularse...

—Si habla usted de la plebe hay novelería más que hipocresía. Les fascina acercarse a ver si el ídolo tiene los pies como dice el refrán.

—Hablaba de los colegas.

—Entre ellos hay entusiasmo. Cada uno se alegra de que Matilde, que en resumidas cuentas no es sino un mal menor, haya servido de piedra de tropiezo para evitar que el otro, el contrincante real, ganara la pelea. ¿Capta usted el quid? La consagración mundial no ha sido, para quienes participan del secreto, sino una tregua, un aplazamiento, un compromiso que deja intacto el empate. Ninguno de los adversarios importantes ha sido descalificado.

—Después de proyectar esta luz meridiana sobre el fenómeno de Matilde me parece muy incongruente su insistencia en entrevistarla.

—Para el gran público —ese gran público que no lee los libros de los escritores entre quienes practiqué la encuesta y que tampoco lee los libros de Matilde pero sí lee mi periódico— el Premio es noticia. Porque cree que un premio es la consecuencia lógica, limpia y justa de una buena acción. ¡Y las buenas acciones son tan escasas!

—Y me lo dice usted a mí, ahora que he estado buscando la manera más segura y productiva de invertir el capital de Matilde.

—¿Cincuenta mil dólares?

—Más o menos.

—Eso produce también un resplandor.

—Que a usted parece no deslumbrarla.

—He visto de cerca algunas fortunas y algunos afortunados y puedo declarar que más que cuestión de ojos es asunto de estómago. Mi profesión de periodista exige que tengamos el estómago firme.

—Usted me simpatiza hasta el grado de que se me antojaría hacer un experimento: dejarla a solas con Matilde… a cambio de una promesa.

—El prometer no empobrece, recuérdelo.

—La promesa de que usted escriba la verdadera impresión que le cause su personalidad. Dije la verdadera impresión, no el lugar común de los elogios ni de los ditirambos. Creo que tiene usted el suficiente sentido crítico para observar por sus propios medios; la suficiente riqueza de lenguaje para usar sus propios términos.

—Le agradezco la opinión y para continuar mereciéndola debo confesarle que lo que no tengo es la suficiente influencia como para pasar por encima de las consignas de mi jefe de redacción o del director de mi periódico.

—¿La consigna es incensar al nuevo ídolo nacional?

—Si no lo hiciéramos pareceríamos no iconoclastas, que es lo de menos, sino antipatriotas, que resulta sospechoso. O vengativos, lo que se atribuiría inmediatamente a no haber recibido ningún estímulo monetario.

—¿Y eso se juzga mal?

—Por partida doble. Entre los honrados, porque intentamos la extorsión. Entre los venales porque fracasamos en nuestro intento.

—Lástima. Esa confrontación entre usted y Matilde habría sido original.

—Habría complementado la encuesta. Pero ambas reposarían en el fondo de mi archivo.

—¿Cómo podría entonces compensar la inutilidad de su viaje, el tiempo que ha perdido charlando conmigo, las indicaciones tan útiles que me ha proporcionado?

—Dándome una exclusiva: el título del próximo libro de Matilde. Ninguno lo ha mencionado hasta hoy.

—No hay nada que mencionar porque Matilde no tiene ningún próximo libro. No escribe, no tiene tiempo. ¿Y para qué había de escribir? Es una celebridad y basta. Pero en cambio podría decirle los nombres de las personas a quienes espera.

La periodista levantó los hombros para mostrar su resignación ante lo irremediable y preparó su cuaderno de apuntes y su lápiz para tomar el dictado. Victoria enumeró:

—Elvira Robledo.

—No me suena.

—Es una gloria local. O por lo menos lo era, en otros tiempos, cuando Dios quería. También Josefa Gándara.

—Ah, sí, la de las flores naturales.

Victoria sonrió para ocultar su sorpresa pero no pudo evitar que se filtrara, al través de su sonrisa, el desprecio. Se apresuró a proseguir.

—Aminta Jordán.

—¿De veras? ¡Eso sí que es noticia!

—¿De qué sección?

—De todas. Salta de las páginas de sociales al suplemento cultural y de allí a la nota roja con una agilidad de trapecista.

—Siempre fue muy versátil. También estarán presentes las señoritas...

Y Victoria se volvió a Cecilia y a Susana quienes, confusas, habían asistido al desarrollo de la escena y ahora explicaban a la reportera las razones de su presencia en una ceremonia cuya índole cada vez comprendían menos.

—¿Y qué hago yo con estos datos?

—Manejarlos. Para que sean importantes debe darle las proporciones de una gran asamblea.

—Con tan contadas asistentes.

—La escasez es susceptible de convertirse en sinónimo de selección. Además cada una representaría un sector social muy vasto o muy influyente. Describa este acontecimiento como una manifestación de solidaridad de las mujeres de México hacia quien, rompiendo las cadenas ancestrales, ha conquistado para su patria el laurel inmarcesible. Sí, dije inmarcesible. Dosifique usted los adjetivos de manera que las señoras no se alarmen ni los señores protesten. Pero de manera también que las jóvenes sientan que es lícito admirar este ejemplo y que es posible imitarlo. Saque a colación, si es preciso, a Sor Juana. En fin, usted conoce su oficio, ejérzalo a conciencia.

—¿Para qué?

—Ya que hemos hecho un mito que por lo menos nos sea útil; que abra perspectivas nuevas a las mujeres mexicanas, que derribe los obstáculos que les impide avanzar, ser libres.

—Pero usted está hablando de una época abolida. De hecho somos libres.

—Pero de derecho no. ¿Podemos siquiera votar?

—Podemos. Pero ¿qué importancia tiene el voto en México? Hasta un recién nacido sabe cómo funciona la maquinaria electoral.

—No, contra lo que usted cree las generaciones actuales no han llegado a ser libres sino únicamente cínicas y conformes.

La reportera contemplaba a Victoria con la misma curiosidad con que se contempla el esqueleto de un animal prehistórico cuya ineptitud para adaptarse a las situaciones nuevas fue la causa de su extinción.

—Usted *sí* es feminista.

—Quizá no por temperamento individual sino por la atmósfera que respiré en mi adolescencia. "Las vírgenes fuertes" fue el apodo que nos pusieron en la Escuela Preparatoria a las alumnas de Matilde. Bajo su influencia nos volvimos combativas y no retrocedimos ante el ridículo.

—Prefirieron estrellarse contra él. Pero nosotras ya no necesitamos cometer ese mismo error; aprovechamos lo que ustedes hicieron para cambiar, no de ideales, tal vez, sino de métodos. Y hemos logrado llegar más allá de donde ustedes tuvieron que detenerse. Ya no hay puesto que se considere inaccesible para una mujer.

—Excepto la presidencia de la República.

—Cuestión de tiempo. Mientras tanto hay que ser discreta y no hacer ningún alarde ni adoptar ninguna actitud desafiante.

—¡Pero ese método es el de nuestras abuelas! El disimulo, el fingimiento. ¡Qué originalidad!

—Lo que pretendemos es ser eficaces, hacer la vida a nuestro modo, como nuestras abuelas la hicieron al suyo.

—Aunque para ello tengan que humillarse, callar siempre o, si hablan, mentir.

—¿Son tan importantes las palabras?

—Para quien trabaja con ellas, como usted, deberían serlo. Aunque, ya lo dijo alguien, la familiaridad engendra el desprecio. Y un periodista, se me olvidaba, no es un escritor en potencia sino alguien que ha renunciado a ser escritor, que ha perdido el respeto al lenguaje, que no lo trata como objeto sagrado...

—Porque no lo es.

—...sino como un instrumento. ¿Para qué le sirve a usted?

—Para informar.

—¿Lo que es verdadero?

—En este asunto de lo verdadero yo me lavo las manos, lo mismo que Pilatos. Para informar lo que es interesante. Los criterios para descubrirlo son mucho más seguros.

—Virgen prudente.

—La virginidad, señorita, ya no es una condición indispensable para la mujer en México hoy en día.

—¿Se admite sin escándalo que la pierda fuera del sacramento del matrimonio?

—Tácitamente, sí.

—Desde luego. Entre nosotros lo explícito no se tolera. ¿Y la soltería? ¿Tampoco es un estigma?

—Si se supone que una mujer no es una carga económica para nadie y puede hacer uso de su cuerpo aunque no esté casada, ya no se la coloca al margen, como antes.

—Su conversación es muy instructiva para mí, que vengo como de la luna. Pero me apena no corresponder con algo que usted pueda usar. No quisiera que se marchara con las manos vacías.

—No me marcho con las manos vacías. Usted me ha confiado una serie de datos y el permiso de manejarlos. Encontraré el ángulo interesante de esta reunión. Y será un ángulo tan demagógico como el que usted me proponía pero que no es ni anacrónico ni tabú: se trata ¿sabe usted? de un asunto sentimental. Un grupo de viejas amigas se encuentra de nuevo y rememora los tiempos pasados y se ríe de las anécdotas compartidas...

—¡Pero esto es nauseabundo!

—Es conmovedor. Los lectores experimentarán mucho más simpatía por una Matilde Casanova humana, es decir vulgar, que por una Matilde Casanova genial o excéntrica. Y usted quiere, como si no fuera suficiente con la genialidad y la excentricidad, añadirle el estandarte de una cruzada que ya pasó de moda y que ninguno quiere volver a oír mentar.

—Así que el sacrificio ha sido en vano.

—¿Sacrificio? ¿De quién? ¿Dónde? ¿Cuándo?

—Nada. No me hagas caso. Estoy empezando a desvariar. Y es natural. Hemos estado charlando horas enteras, en este calor, sin beber nada…

—La invito a una copa, al bar. ¿Se atreve?

Victoria movió la cabeza melancólicamente.

—Soy capaz de improvisar una disculpa cualquiera. Y válida, además. Soy la anfitriona, tengo que atender a las señoritas, de un momento a otro llegarán más visitantes ¿qué sé yo? Pero la verdad es que no me atrevo. Lucharía hasta la muerte porque en la puerta del bar se pusiera un letrero para decir que se admiten mujeres. Pero no entraría nunca.

—Ésa es la diferencia entre la teoría y la práctica, entre su generación y la mía.

—Y esa diferencia ¿es interesante?

—No. Aprenda a distinguir. Bajo cualquiera de sus aspectos el tema feminista está liquidado.

—Lo tendré presente. Hasta luego y gracias.

Victoria acompañó a la reportera hasta la puerta pero en vez de volver adonde se encontraban Cecilia y Susana se dirigió hacia las habitaciones interiores de donde llegaban rumores indistintos, pero cada vez más insistentes, de pasos, de cajones abiertos con dificultad y cerrados con violencia, de palabras deshilvanadas, de sollozos contenidos.

Los rumores fueron agrupándose hasta tomar una forma concreta y, por fin, apareció Matilde Casanova en el salón. Avanzaba a ciegas, por el tránsito brusco de la oscuridad a la plena luz. Su estatura noble parecía encorvada bajo el peso ¿de los honores?,

¿de los desengaños?, ¿de la vejez? Su pelo, entrecano ya, largo y crespo, se derramaba en desorden sobre sus hombros, sobre su espalda, hasta hacerla semejante a una fatigada e inofensiva Medusa. Su rostro, cuyas facciones resultaban siempre borrosas en las fotografías (y esta indiscernibilidad era atribuida a la imperfección de los aparatos que las habían querido captar, a la falta de destreza o a la prisa de quienes manejaban estos aparatos, a la distancia de la que se transmitía la imagen) había acabado por obedecer a una representación tan tenazmente reproducida, desdibujando los rasgos hasta no dejar sino una superficie disponible, una especie de tierra de nadie, un sitio en el que les estaba prohibido entablar batalla a los antagonistas encarnizados, irreductibles que convivían en la persona de Matilde. Esta neutralidad facial, que en ciertos años llegó a asumir un aspecto de parálisis, terminó por resolverse en el gesto hierático de los indios de quienes Matilde, ya desde antes, se había proclamado la descendiente orgullosa. Con el mismo orgullo habría proclamado su filiación si sus padres hubieran estado en la desgracia y no hubieran pertenecido —en vida— a una clase que gozaba de los mayores privilegios y que supo retenerlos a pesar de los vaivenes revolucionarios. De esa clase, de esa familia, desertó Matilde para ir al encuentro de los desheredados, de los miserables, de los ignorantes. Pero una decisión tan insólita no logró sino multiplicar las trampas que le impedirían su realización. Y he aquí que al final Matilde se encontraba, lo mismo que al principio y más alta aún, en la cresta de la ola.

Tanteando dio con un sillón y fue a derrumbarse en él. Escondió la cara entre las manos mientras exclamaba:

—¡Dios mío, no puedo más!

Cecilia iba a moverse para delatar su presencia y la de Susana e impedir así que Matilde se abandonara a uno de esos desahogos que uno se permite cuando se cree sin testigos pero Victoria le hizo una señal —no por muda menos perentoria— de que se detuviera y, todavía más, de que se ocultara y de que no dejara ver tampoco a su amiga. Segura de haber sido obedecida se volvió hacia Matilde, con benevolencia.

—¿Por qué no tratas de dormir un rato?

—¡Dormir! En cuanto cierro los ojos comienza la pesadilla, la cara de mi hijo pidiendo que lo salve, que no lo deje morir.

—Tú nunca tuviste hijos, Matilde.

—¿Por qué lo afirmas con tanta certidumbre? Cuando me conociste yo ya era una mujer madura, ya tenía un pasado hecho.

—Un pasado ejemplar.

—Ése es el que pertenece a la leyenda, no a mí.

—Pero la leyenda y tú son una misma cosa, Matilde. Mira, los investigadores de la Academia de las Naciones son muy escrupulosos en cuanto al aspecto moral de sus candidatos. Si hubieran encontrado algo, ya no digamos inconfesable, irregular en tu conducta, no te habrían concedido el Premio.

—¿Qué pueden saber ellos? ¿Qué puede saber nadie? Viví mucho tiempo sola, en el extremo sur.

—No fue tanto tiempo, Matilde, si te atienes a las fechas. Y tampoco estabas sola. Tenías compañeros de trabajo. Porque tú trabajabas allí, Matilde.

—No, yo era una fugitiva; yo estaba ocultando un crimen, expiando un remordimiento.

—¿Pero remordimiento de qué, por Dios?

—De mi esterilidad.

—No eras estéril. Creabas. Tus más hermosos poemas datan de entonces.

—Bajo ellos sepulté mi vientre, sepulté a mi hijo. Pesan más que toda la tierra, pero él vuelve a resucitar, otra vez, otra vez.

Victoria, que hasta entonces había permanecido arrodillada junto a Matilde, se puso de pie bruscamente como si, de pronto, la irritación a la que había ido cediendo de modo paulatino hubiera llegado a un punto intolerable.

—¡Basta! ¡No estoy dispuesta a seguir este juego malsano y absurdo! ¿Y tú? ¿Vas a recibirlas así? ¿Sin peinarte siquiera?

—¿A quiénes?

—No vas a decirme que no recuerdas el compromiso. Tú misma tuviste la idea, redactaste la lista de invitadas, fijaste la fecha de la reunión.

A la lasitud sucedió en Matilde la cólera.

—¡No me importa! Es evidente que no puedo recibir a nadie en el estado en que estoy.

—¿Y me vas a dejar colgada así? ¿Después de que yo usé tu nombre para llamarlas? ¿Después de haberlas hecho viajar, suspender sus trabajos, desatender sus obligaciones…?

—No tengo la menor idea de a quienes te refieres ni de lo que me estás acusando.

—¿Qué les digo ahora? ¿Que estás indispuesta?

—¡Te empeñas en martirizarme!

—No se trata de eso, Matilde.

—¿Pues entonces? ¡Déjame en paz! Tú eres lista, no se te va a cerrar el mundo por una cosa tan insignificante, que, además, no es la primera vez que sucede. Encontrarás una buena excusa y ahuyentarás a los que quieran importunarme.

Victoria comprendió que ninguno de sus razonamientos bastaría para hacer cambiar la actitud de Matilde así que se abstuvo de discutir más. Volvió a inclinarse a ella, ahora para ayudarla a ponerse de pie.

—Está bien. Ya no te preocupes y descansa.

—No puedo descansar, nunca he podido. El rostro de esa criatura siempre aquí ¡aquí!

Y Matilde se golpeaba, con los puños cerrados, las sienes mientras, con mansedumbre, se dejaba conducir hasta su recámara.

Cecilia abandonó su escondite seguida por Susana a quien la escena que acababa de presenciar le había parecido absolutamente impropia de la edad, de la fama y de la situación de —por lo menos— una de sus protagonistas.

—¡Es el colmo! Están locas de remate: que mi hijo, que tu poema, que quién sabe qué y que quién sabe cuándo.

—Así son los genios —afirmó Cecilia con menos convicción que alarma.

—¡Qué genios ni que ojo de hacha! Yo tengo una tía histérica que está igual. ¡Y nos mete en cada lío! Vámonos, antes de que esto se complique.

Pero a Cecilia esta efímera visión de la intimidad tan atormentada y de la que no dejaba de emanar cierta cualidad irreal, es decir, que obedecía a un orden diferente del que rige sobre los hechos y que ella era ya capaz de calificar como retórica, la había fascinado y no estaba dispuesta a marcharse de allí si no la obligaba alguien que tuviera autoridad para hacerlo. A los requerimientos de su compañera no daba otra respuesta sino la de una impavidez que estaba propiciando el momento del retorno de Victoria, que no se prolongó mucho. Entró de prisa y prosiguiendo, en voz alta, un monólogo que seguramente había iniciado desde que abandonó a Matilde.

—...como si lo estuviera viendo. Después de cerrar la puerta ha buscado, a tientas —porque está muy oscuro con las cortinas corridas enteramente y las luces apagadas— entre los frascos de medicina que están encima del buró. Ha escogido, por el tacto, el de los somníferos y se lo ha vaciado en la palma de la mano. Sin contarlos, porque no le importa el número, confiada en que yo no dejaré a su alcance una cantidad mayor de la que sus riñones puedan eliminar. Se las pasa con un sorbo de agua y luego duerme horas y horas tan profundamente como si hubiera muerto. Mientras tanto yo me paseo por los cuartos como un león enjaulado y... ¡Dios santo! ¿Qué voy a hacer? ¿Cómo voy a hacer frente a todas ellas... así?

Susana se adelantó a sugerir algo que le dictaba su buen sentido pero antes de que iniciara su primera frase entró una camarera a anunciar la llegada de Josefa Gándara.

—Buenas tardes. ¿Llego a tiempo?

La entonación de la pregunta no tenía nada del aire ligero y casual con que se aguarda una respuesta negativa y puramente formularia o ninguna respuesta, sino que era la emergencia incontenible de esa ansiedad, a flor de piel, del que no cuenta nunca con el tiempo necesario para cumplir sus múltiples obligaciones y se disculpa de su falta de puntualidad. "Cronotipo deficiente", cuchicheó al oído de Cecilia, Susana para definir a Josefa, como si quisiera poner en guardia a su amiga contra el portador de una enfermedad que no es grave pero sí enojosa, como la gripa.

Por lo demás Josefa mostraba, en su arreglo personal, trazas de apresuramiento que llegaban hasta el descuido de los pequeños detalles: la pulcritud del cuello y de los puños, el restiramiento de las medias, la torcedura de los tacones. En ellos precisamente fijó su atención Victoria mientras se aproximaba a la recién llegada para practicar juntas ese ritual —un breve contacto de las mejillas— con que las mujeres pactan entre su deseo de besar y su necesidad de morder.

Josefa no se opuso a un gesto que revelaba un conocimiento anterior, una intimidad quizá, que ella había olvidado. Pero lo cumplió con una lentitud y unas vacilaciones que delataron su perplejidad. Al retirarse y ofrecerse al examen minucioso de la otra, Victoria condescendió a bromear:

—¡Qué mala fisonomista eres, Josefa! No me recuerdas después de que hicimos juntas el bachillerato, la carrera en la Facultad. ¿Es que he cambiado, es que he envejecido tanto?

Josefa protestó con tanta mayor vehemencia cuanto que su olvido permanecía intacto.

—Nuestra generación fue tan numerosa...

—Como las estrellas del cielo y las arenas del mar. Cierto. Pero muchas fueron las llamadas y pocas las escogidas. Entre estas últimas no figuro yo: Victoria. Victoria Benavides.

Todavía en el aire, sin ningún asidero firme aún para la identificación, Josefa se apresuró a exclamar:

—Claro, mujer. Precisamente el otro día, charlando con unas amigas, nos preguntábamos qué habría sido de ti, de tu vida.

Victoria repuso con displicencia:

—Viajes, gente. He conocido de cerca a los nombres más famosos, he visitado todos los centros turísticos imprescindibles.

Como estas vaguedades no hacían sino poner el dedo en la llaga de una existencia monótona y limitada, Josefa interrumpió con acritud a su interlocutora:

—¿Y nunca tuviste la tentación de quedarte en algún lugar, de acompañar a alguien?

—Tuve la obsesión de volver y de estar sola.

—¿Para qué?

—Para comenzar de nuevo.

Josefa esbozó un ademán de vaga inquietud.

—Comenzar de nuevo... ¿a escribir?

—No. En medio de tantas vicisitudes he conservado, al menos, el sentido común. Tú, en cambio, anclaste pronto: marido, casa, ¿cuántos hijos?

El rostro de Josefa se animó, simultáneamente, de ternura y de preocupación.

—Tres. Es el número perfecto ¿no? Incluso para la magia.

—¿Supersticiosa?

—A veces, como entretenimiento, va uno a consultar a una adivina, se deja echar las cartas... ¡Y se lleva cada sorpresa! Naturalmente yo no tomo en serio ninguna de esas faramallas pero atinan con una frecuencia que te hace pensar. Mira, por ejemplo, a mí me predijeron que ninguno de mis hijos sería varón y... pues, sí, ha resultado cierto. Mi suegra está que trina conmigo y mi marido me pone de cuando en cuando mala cara. Pero yo alego que se lo advertí desde el principio y que ya no hay nada que hacer.

—Excepto otros hijos. ¿Y no te quitan mucho tiempo las criaturas?

—Ah, no, de ninguna manera. Si crees que pueden ser un estorbo para mi obra te equivocas. Al contrario. En muchas ocasiones son ellas las que me han obligado a trabajar... si es que consideras como trabajo hacer lo que te gusta.

—¿Ellas son el tema de tu poesía?

—Son el estímulo. Sé que lo único que puedo legarles es mi fama.

—Pero mientras llega la hora de hacer testamento tu marido mantiene la casa ¿no?

—No se da abasto, el pobre. La vida no es tan fácil como suponíamos cuando estudiábamos en la Facultad. Además él no llegó a titularse.

—¿Otro sacrificio en las aras de Himeneo?

—Como no quiero que se arrepienta de haberlo hecho, yo pongo cuanto está de mi parte para ayudarnos.

—Las flores naturales.

Josefa sonrió, entre desafiante y avergonzada.

—Es una competencia lícita.

—Indudablemente pero ¿no es un poco azarosa?

—Al contrario, está perfectamente organizada y tiene ciclos tan exactos como los de la naturaleza. Podría yo, si quisieras, señalarte sus estaciones, sus puntos cardinales, sus tiempos de sembrar y sus tiempos de recoger. Pero, además, no me atengo sólo a eso. Hago también periodismo y novelas radiofónicas y argumentos para cine, en fin, toda la lira. ¿Qué quieres? No siempre se obtiene a tiempo el Premio de las Naciones.

—Un premio siempre es, en cierta manera, póstumo. Se otorga cuando ya no sirve ni para matar el hambre ni para afirmar la vocación ni para alcanzar la gloria. Es la primera corona fúnebre que se coloca sobre la tumba.

Josefa había seguido su propio hilo de meditaciones.

—Tú puedes darte el lujo de morirte de hambre si estás sola. Pero no tienes derecho a hacer que pasen trabajos quienes dependen de ti.

—Sí, un hijo chilla y se hace oír. En cambio un

libro no es, en su gestación, sino un enorme silencio. ¿Quién lo acoge?

—¡Pero mis libros están ahí, yo no he interrumpido nunca su escritura!

—¿Y consideras que lo que has escrito es poesía?

—La decisión se la dejo a los críticos.

Había una graciosa humildad en la evasiva de Josefa que conquistó la benevolencia de Victoria. La condujo entonces al centro del salón y la invitó a sentarse. Reparó en la presencia de Cecilia y de Susana, y, deshaciéndose en excusas, las mezcló a la conversación. Estaban apenas cambiando las primeras cortesías cuando irrumpió, como una tromba, Aminta Jordán. Pero su ímpetu se detuvo al reconocer a Josefa.

—Así que no soy la única.

Josefa alzó los hombros como para despojar de su importancia a esta contrariedad, pero añadió con malicia:

—Ni siquiera la primera.

—¿Se puede saber cómo te enteraste de que yo vendría y cómo te las ingeniaste para adelantarte y entrometerte? No, tú no eres capaz de enterarte de nada ni de ingeniarte de ninguna manera. Te invitaron. Al mismo sitio y a la misma hora que yo. Y probablemente para la misma cosa. Quien lo hizo carece absolutamente del sentido de las categorías.

Josefa dirigió a Victoria una sonrisa de complicidad que no pasó inadvertida a Aminta.

—¿Usted?

—Sí, yo fui la que hizo las invitaciones. Entre ellas la tuya.

—¿Por qué se atreve a tutearme?

—Porque es tu amiga —intervino con melosidad fingida Josefa—. ¿Es posible que no la hayas reconocido? Es Victoria Benavides.

Aminta hizo un ademán con la mano como para espantar a un insecto.

—Jamás he escuchado ese nombre ni me interesa.

—Aunque así fuera ¿por qué te ofendes de que te tutee? ¿No estás acostumbrada a que lo haga cualquiera cuando vas a los toros, por ejemplo?

—Una cosa es la popularidad, querida, un asunto del que no tienes la menor noción, y otra muy distinta el respeto.

—¿De veras, Aminta, eres tan popular como me han contado? Dime ¿cómo lo lograste?

El rostro de Victoria estaba tenso de curiosidad. Josefa hizo un signo discreto como para indicar la inconveniencia de referirse a temas escabrosos delante de menores —Cecilia y Susana— y se adelantó a responder.

—Ya te lo imaginas.

Bastó esta interferencia para desatar la lengua de Aminta.

—No, no se lo imagina. Ninguno tiene la imaginación suficiente. Para empezar mandé a mi familia, con sus escapularios y sus prejuicios, al demonio.

—¡Gran hazaña! Una familia de medio pelo en que el padre trabaja en una oficina de Hacienda, sin esperanza de ascenso, y la madre se dedica a zurcir calcetines y los hermanos aspiran a un nombramiento en Aduanas que les permita salir de pobres… sin entrar en la cárcel.

—Estamos hablando de mi familia, Josefa, no de la tuya.

—Precisamente. Y los abandonaste cuando te convenciste de que no había más jugo que exprimirles, de que nunca serían más que unos pobres diablos.

—¡Mentira! No les pedí nada. Salí de mi casa con lo que tenía puesto.

—Para lanzarte a la calle en el sentido estricto del término.

—¡Cuánta envidia se esconde tras la sacrosanta indignación de las virtuosas! Según el catecismo de Josefa debió haber llovido sobre mí el fuego del cielo hasta aniquilar mis pecados. Y en vez de eso lo que me llueven son contratos para recitales, para presentaciones en clubs nocturnos y aun para desempeñar papeles estelares en el cine. Y todo eso, fíjese usted bien señorita como-se-llame, sin que yo haya hecho nunca la menor concesión al público. En mis libros el tema es arduo: la metafísica pura. Y las formas se ciñen al más severo canon clásico. Y esto, que yo les sirvo, lo devoran mis lectores con avidez y me aplauden y me reconocen, aunque yo asista de incógnito a una ceremonia y hasta circulan tarjetas postales con mi retrato.

—No abras esa boca de asombro, Victoria, que lo que Aminta no concede al público en sus libros lo concede a los agentes de publicidad en la cama.

—Ingenua como toda mujer honrada. Cree que el hombre es un ente predatorio que se mantiene al acecho de la oportunidad para saciar sus bestiales instintos. Oh, decepción, lo único que buscan es un hombro inofensivo sobre el cual llorar la incomprensión de su esposa y la nostalgia de su madrecita santa.

—¿Y la crítica? —interrumpió Victoria a la que no le interesaban los cuadros de costumbres—: ¿en qué lugar te coloca la crítica?

—Aparte. No hay punto posible de comparación, no hay antecedentes, no hay semejanzas. Soy un milagro en el sentido literal del término. Y este juicio, no podrá atribuirlo Josefa, a pesar de su malevolencia, a la depravación de mis costumbres. Porque los críticos son incorruptibles, especialmente cuando intenta seducirlos el encanto femenino.

—Aminta es un "cultivo". Se han puesto de acuerdo todos para inflarla, eclipsando así los nombres y la obra de todas las demás. A sabiendas o no, Aminta, te estás prestando a un juego siniestro que terminará cualquier día, cuando decidan que ya no funcionas y te pinchen con un alfiler. ¡Paf! ¡Se acabó Aminta Jordán!

—Corneja de mal agüero. Yo te prometo que no vivirás para ver mi ocaso.

—Una promesa tan solemne requiere un brindis —propuso Victoria.

—Whisky para mí —aceptó Aminta.

—Aprovechas ahora que se puede. Has tenido rachas muy prolongadas de tequila.

—Santa Teresa, con ser quien fue, querida (aunque mucho me temo que ignores también eso) padeció sus tiempos de sequía. ¡Cuánto más nosotros, gente menuda!

Se estableció una tregua mientras la camarera recibía y ejecutaba las órdenes de cada una. Fue Aminta la primera en romperla con una pregunta, al parecer, casual.

—¿No estarán presentes en la entrevista ni reporteros ni fotógrafos?

—¡No me digas que se te olvidó traerlos! —exclamó con incredulidad Josefa—. Nunca das un paso si no te sigue toda esa mojiganga.

—No fue un olvido, fue una imposibilidad. Vengo directamente de una fiesta. Pero supuse a la secretaria de Matilde Casanova más previsora.

—Estaba previsto —mintió Victoria—. Pero a último momento Matilde se indispuso y hubo que dar contraorden.

Aminta se irguió como si la hubiera picado una avispa.

—¿Qué? ¿No va a recibirnos?

—No, y les ruego, en su nombre, que la dispensen. Tuvo una recaída de su enfermedad y el médico le prescribió reposo absoluto.

—¿Pero qué se ha creído? ¿Que somos sus títeres para que nos haga danzar a su antojo?

—¡Aminta, por favor, más respeto!

—¿A qué? ¿A su Premio de las Naciones? Algún día yo también voy a tenerlo y me voy a reír de él.

—A tu antigua maestra.

—Me sacaba de clase, me reprobó a fin de año, nunca me tomó en cuenta. Pero entonces ella estaba arriba y yo abajo. Ahora tenemos una situación de igualdad y ya no le tolero arbitrariedades a nadie. ¿Dónde se esconde para ir y traerla hasta aquí, aunque sea arrastrándola de los cabellos?

La ira había descompuesto las facciones de Aminta que, sin embargo, se adivinaban —aun bajo la gesticulación convulsiva y el maquillaje derretido y mezclado— finas, inermes y de las que todavía no emigraban por completo ni el azoro ni la inocencia.

Aminta estrelló su vaso —ya vacío— contra el suelo y se puso de pie al mismo tiempo que las demás, quienes se precipitaron a detenerla. Pero antes de darle alcance Aminta, desconocedora de la topografía, por un acto reflejo e irreflexivo, fue hacia la puerta por la que había entrado y la abrió únicamente para dar paso a Elvira Robledo.

—Gracias, Aminta —dijo complacida—. No esperaba de ti tales gentilezas.

Aminta, cuyo arrebato se había extinguido, dejó caer los brazos con desaliento.

—Ahora sí el cuadro está completo.

Volvió cabizbaja a su lugar y apuró otro vaso de whisky que la camarera, después de recoger los vidrios del anterior, le había preparado. Mientras tanto Elvira y Josefa se saludaban efusivamente y luego se perdían en una animada explicación acerca del encuentro con Victoria y evaluaban, de manera recíproca, los estragos operados en ellas por los años y se participaban lo indispensable de la historia de cada una. Pero hasta que Elvira no estuvo sentada también y con su correspondiente bebida en la mano, no advirtió a Cecilia y a Susana que habían vuelto dócilmente a su silla y a un refresco cuyo sabor era cada vez más dulzón y cuya tibieza era cada vez más repugnante.

—¿Las señoritas son también escritoras? —preguntó con cautela Elvira, aunque, a pesar de sus precauciones, picó la cresta de Aminta.

—¿Por qué supones que han de ser escritoras?

—Por lo mismo que supone que son señoritas —interpuso Josefa—. Por cortesía.

—¿Se nos permite dividir en partes la pregunta? —quiso saber Cecilia—. Para dividir la respuesta. Así Susana puede encargarse del aspecto biológico o social de la cuestión y yo me encargaré del literario.

—¿Y? —dijo perentoriamente Aminta.

—No somos escritoras.

Aminta se puso de pie y fue a estrecharles entusiastamente la mano.

—¡Magnífico! ¡Me alegro, me alegro mucho!

—¿Por qué?

—Porque si no son escritoras y andan merodeando por estos rumbos, no queda otra alternativa: han de ser lectoras.

—Si lo admiten —puntualizó Josefa con el tono de quien se dispone a defender sus derechos—, no olvides que yo las vi primero.

—En estos casos no se trata de que tú las veas primero sino de que ellas te vean primero a ti. ¿No es verdad, encantos?

—Cronológicamente —apuntó con pedantería Cecilia—, la señora Gándara tiene prioridad.

—¿A quién le importa la cronología? Lo esencial es el gusto, la preferencia, el juicio. ¿Han leído los libros de Josefa?

—Los hemos analizado en clase.

—Ah, por obligación, claro. Y, como toda obligación, ésta ha de haber sido también muy desagradable.

—¿Por qué no dejas que sean ellas mismas quienes lo decidan y no tú quien lo decrete, Aminta?

—No se atreverán nunca a confesarlo. Son demasiado jóvenes, Elvira, demasiado tímidas, están demasiado bien educadas. Yo tengo que fungir, a la manera de Sócrates, de partera de almas.

—Hmmm.

—Y, díganme, encantos, ¿me han leído a mí? Pero no es preciso que entremos en discusiones de si ha sido en clase o no, las circunstancias son lo de menos.

Cecilia repuso con los dientes apretados.

—Sí.

—¿Y qué opina de mi obra?

—Que es abominable.

Josefa aplaudía en un paroxismo de felicidad.

—¡Bravo por la juventud, por la timidez y por la buena educación!

Susana miraba a su compañera, boquiabierta.

—¿Y me haría usted el honor de descender de su pulpito y explicarme por qué?

—¿Desde qué punto de vista quiere que enfoquemos la explicación? ¿Desde el punto de vista de la forma o del contenido? Porque en el caso de una poesía inauténtica, como creo que es la suya, es lícito hacer esta separación.

—¿Sabe usted a lo que se arriesga si dice una sola palabra más?

—A que usted caiga revolcándose en el suelo víctima de un colapso nervioso.

—¡Criatura inexperta! Aminta no es de las introvertidas sino de las que arañan. Si estima en algo la integridad de su piel le aconsejo, no únicamente que calle, sino que rectifique. ¿Te darías por satisfecha con eso, Aminta?

La aludida asumió una actitud de suprema dignidad.

—No ofende quien quiere sino quien puede. Y ese gusano de la tierra, no puede.

Susana exhaló un suspiro de alivio porque Aminta había cambiado la dirección de sus baterías de ataque hacia el rumbo de Elvira.

—En cuanto a ti, zurcidora de voluntades ¿conservarás tu ecuanimidad cuando sepas que Matilde se permite la impertinencia de hacernos venir para después negarse a recibirnos?

—Ha de tener motivos —repuso imperturbable Elvira—. ¿Cuáles son, Victoria?

—Fue un accidente que ninguno podía prever, una especie de síncope. No es la primera vez que lo sufre y yo sé que no tiene mayores consecuencias. Pero, de cualquier modo, a su edad, es prudente tomar precauciones. Hice venir al médico, la examinó y…

Las últimas sílabas se perdieron en la conmoción que causó la presencia de Matilde Casanova. Había entrado sin ruido, recién bañada, con el pelo recogido en una larga trenza, la expresión animada y sonriente y tendiendo las manos como si quisiera que se las estrecharan todas al mismo tiempo.

—¡Otra vez juntas, como antes!

En el afán de saludar a Matilde ninguna tuvo ojos para Victoria, excepto Aminta que le susurró al oído:

—¡Saboteadora!

La voz de Victoria temblaba de desconcierto, cuando se dirigió a Matilde.

—¿No te dormiste?

Matilde se volvió a ella, desmemoriada y feliz.

—¿Por qué había de dormirme en un día tan hermoso como éste? Tomé una ducha fría, despaché algunos asuntos urgentes y ahora me siento como nueva.

Victoria, que no había renunciado aún a su empeño de reivindicarse ante las demás, insistió con una irritada solicitud:

—No debes abusar de tus fuerzas. Después de una crisis como la que acabas de sufrir…

Aminta la interrumpió bruscamente:

—Señorita, deje ya de tratar de hacernos creer que aquí ha habido alguna crisis de nada. Concrétese a cumplir con sus funciones que, según tengo entendido, son las de una especie de secretaria o algo así.

Victoria tuvo que admitir con amargura.

—Algo así.

Ajena a este debate, Matilde se dirigía al balcón para abrirlo de par en par.

—El encierro es lo que me deprime. Vamos a la terraza. Desde allí se mira el mar, se siente el viento. ¿Ustedes saben que cuando yo era todavía muy joven dudé en tomar por esposo a cualquiera de estos dos enamorados míos? Cuando llegué a la madurez pude, al fin, decidirme. Ninguno. Porque quiero demasiado a ambos. Y la elección de uno no me habría consolado nunca del rechazo del otro.

—Elegir es rechazar; rechazar es limitarse y limitarse es morir —recitó Elvira.

—¿Quién dijo eso?

—Usted lo repetía a menudo desde su cátedra. Nosotras la escuchábamos, entonces, como ahora, religiosamente.

Avanzaban todas, detrás de Matilde, como en seguimiento de su pastor. Sólo Victoria quedó rezagada y Elvira retrocedió para instarla.

—No. Voy a ordenar el menú.

Desde afuera, en una ráfaga de aire, llegó la voz de Matilde.

—Arroz a la mexicana, Victoria. Hace siglos que tengo el antojo. Pero has de prepararlo tú misma. La cocina de los hoteles es tan desabrida...

Elvira no se incorporó al grupo de la terraza hasta que Victoria hubo desaparecido.

En el centro estaba Matilde. Flanqueándola, muy próximas, como si la proximidad confiriera la primacía, rivalizaban Aminta y Josefa. Sin pretensiones de llamar la atención —sino al contrario, esforzándose por pasar inadvertidas— se sentaban Cecilia y Susana. Elvira contempló el conjunto, apreciativamente.

—La composición es irreprochable porque obedece a una ley interna tan poderosa, tan universalmente aplicable...

—Acomódate, Elvira, y déjate de discursos.

—Prefiero estar en disponibilidad para servirlas. ¿Fumas, Matilde?

—Sí.

Josefa empezó a hurgar febrilmente en su bolso.

—¿Qué marca de cigarros? Yo siempre guardo varias cajetillas, por si se ofrece.

—Suaves. Gracias.

Permitió a Aminta que le diera lumbre —con lo que se restablecía el equilibrio entre las competidoras— pero después de unas cuantas chupadas, distraídas y como por cumplir un compromiso, dejó que la lumbre se extinguiera. Matilde parecía absorta en una meditación que nadie se atrevió a interrumpir.

—La que dispersa a quienes se congregan en los festines, llaman los árabes a la muerte. ¿Cómo llamarían a la casualidad feliz que permite a los amigos ausentes reunirse de nuevo, como ahora nosotras? Estamos las que estábamos, no falta ninguna ¿verdad?

—Sobran dos —delató rencorosamente Aminta señalando con una mirada a Susana y a Cecilia.

Matilde se volvió a ellas sin el más mínimo rastro de extrañeza. Como si hubiera previsto, ordenado, esperado encontrarlas allí. Pero también sin el menor gesto de reconocimiento, de entendimiento del papel que estuvieran desempeñando sentadas en su silla respectiva. Con la benevolencia tranquila con que se advierte la presencia de un objeto sobre cuya utilidad no se tienen aún ideas muy precisas y que todavía no resulta habitual.

—Son las nuevas generaciones —dijo Elvira—.

Es conveniente que se acerquen a sus antepasados para que, al menos, sepan cuál es la herencia que van a recibir.

—Están tratando de engañarla, Matilde. Esas muchachas no son escritoras. Ellas mismas lo han confesado.

—¿Y qué saben? Tal vez no han descubierto su vocación. Si es así, si todavía no han sufrido esta experiencia hay que prepararlas para que no se asusten. Porque un descubrimiento de tal índole es algo tan fulminante, tan turbador, tan irrevocable como el diagnóstico de una enfermedad mortal.

—Josefa, con su cerebrito, con su almita, no hubiera soportado un acontecimiento así. Ergo, no tenía vocación.

Matilde continuó como si esta interrupción de Aminta no se hubiera producido.

—Pero como los síntomas son, al principio, demasiado vagos, demasiado atribuibles a otras causas —el amor, la pubertad, la clorosis, qué sé yo— nadie les concede mayor importancia. Ni quien los padece, porque confía en su pronta curación.

Ni los demás que encuentran que este tipo de trastornos son graciosos y hasta los celebran y los aplauden. Cuando se asume la realidad ya no tiene remedio. El nombre del primer libro es como un estigma que no borra nadie. A partir de entonces los eslabones se suceden. Primero es una reseña alentadora en cualquier revista. Después, de la manera menos esperada, viene un torbellino de entrevistadores, de fotógrafos, de cargos, de responsabilidades. Parece como si el mundo entero se confabulara para aplastar al autor, para impedirle escribir una línea más.

—Estás hablando de ti, Matilde. De un autor que tiene éxito. Podemos comprenderte, pero gracias a un esfuerzo de imaginación, no por la similitud de nuestra experiencia.

—No pluralices —protestó Aminta—. Yo sí sé, en carne propia, lo que es el éxito.

—Te equivocas. Sabes lo que es el escándalo.

—Es mejor que inspirar lástima ¿no? Cuando tú envías uno de tus engendros a un certamen no dejas de recordar, a los miembros del jurado, que de su decisión depende que tus niños sobrevivan a los rigores del invierno.

—¡Aminta, basta! —ordenó Elvira.

—Me olvidaba de ti, respetabilísima colega. Tú no te has contaminado ni con los enjuagues de la publicidad ni has cedido a las exigencias del hambre. Tú no entiendes nada que no sea correcto: cuentas las sílabas, pules los versos, escoges los temas. Aceptas lo trascendental siempre que no te haga correr el riesgo de ser excesivo. ¿Pero podrías decirme si has logrado ser algo más que una dama: una escritora? ¿Podría decírmelo usted? —preguntó Aminta mirando furiosamente a Cecilia.

—No sé nada de la vida de Elvira Robledo ni me interesa. Pero conozco su obra y admiro el decoro con que ha sido hecha.

—¡Decoro! ¿Se dan ustedes cuenta? ¡Qué frenesí de entusiasmo! Seguramente si usted escribiera se limitaría a copiarla.

—¡Copiarme a mí! Estando Matilde...

—¿Por qué tiene que copiar a nadie? ¿No podría ser original?

—A la originalidad no se llega, Josefa, sino por la vía de la imitación. Deberías de estar enterada de eso tú, mejor que nadie, puesto que aún no acabas de recorrer esa vía.

—Que, por cierto, no te ha conducido a la fama.

—No la busques. Es el ruido, la confusión, el despojo. Ya no te pertenece ni un minuto de tu tiempo para recogerte en ti misma y escuchar y repetir en voz baja la confidencia y acercarte, temblando, a los secretos.

—Esos son los privilegios del anonimato.

—Pero el fracaso también destruye.

—Contra el fracaso queda una defensa; la certidumbre de que es injusto, de que la posteridad rectificará el error. Y eso te lleva a encarnizarte, aún más si es posible, en la persecución de la palabra exacta, de la metáfora fiel. Lo otro, el halago, la facilidad de una miel que, primero, no rechazas porque es sabrosa y de la que después no aciertas a desprenderte porque es espesa y te debates en ella, inútilmente, como un insecto, hasta el fin.

—Yo no me quejaría de una suerte como la suya, Matilde. Sé manejar los triunfos en el juego.

—Pero no es por conseguirlos por lo que se trabaja.

—¿Entonces por qué?

Entre tanta algarabía, que reputaba sin sentido, Susana había osado, por fin, meter baza. Ya el tema que entretenía y hasta apasionaba a estas mujeres, le parecía bastante inverosímil. Pero cuando quisieron desligarlo de una finalidad real y tangible, de un resultado, sintió que perdía pie y se asió a la primera pregunta que se le puso enfrente. Todas se volvieron hacia ella con el asombro de Balaam hacia su burra pero sólo Josefa encontró, en el fondo de sí misma algo de esa paciencia un poco mecánica con la que las madres responden a la curiosidad indiscriminada e incesante de sus hijos.

—Trabajamos para alcanzar la certidumbre, para probarnos a nosotros mismos que no nos hemos engañado y que no hemos engañado a los demás.

—Esa no es razón suficiente —intervino Cecilia—. Se puede muy bien ser veraz y silencioso.

—Con las palabras tendemos puentes para llegar a lo que está fuera de nosotros... aunque casi siempre los puentes se rompen.

Matilde las interrumpió con impaciencia.

—Están hablando de la poesía como de un bien o de una obligación elegibles, renunciables, en todo caso, de un hecho voluntario que, en última instancia, puede justificarse. Pero yo sostengo que es una fatalidad, un destino que se nos impone y que hemos de cumplir o perecer.

—¡Nadie muere de no escribir versos, Matilde!

—No he dicho versos; he dicho poesía.

—¿Y cómo se manifiesta ese destino?

—Se abre, dentro de nosotros, una especie de vacío, una ausencia que no se colma con nada, un abismo que nos obliga a asomarnos constantemente a él, a interrogarlo, aun a sabiendas de que, desde sus profundidades, no ascenderá jamás ninguna respuesta sino sólo el eco, amplificado, deformado, irreconocible ya, de nuestra pregunta.

—Es un quehacer absorbente.

—Estamos absortos. Y los que nos rodean no advierten más que nuestra distracción, nuestra falta de interés en los asuntos comunes y se desesperan y nos hacen reproches y acaban por abandonarnos. No es que el poeta busque la soledad, es que la encuentra. Primera estación en el camino, primer grillete de la cadena que se rompe. Ahora el panorama cambia. Ya no somos más que un cauce en cuyo interior avanza un río oscuro, arrastrando memorias de follajes, de cielos; abriéndose paso entre piedras broncas a las que afina con una caricia lenta, mil veces repetida. A ratos, la corriente discurre por una extensión libre y sin término. Entonces lo que era un rumor oscuro, inarticulado, gemido ronco, se vuelve música. Ah, cuando se han escuchado ya no se acierta a vivir sin ella. Y, de pronto, sin motivo, sobreviene la mudez o la sordera o ambas cosas. Hay una grieta en el fondo y el río se hunde allí y no queda sino una sequedad espantosa. Meses, años de búsquedas sin dar con una gota de agua.

—¿Qué se hace entonces?

—Los sabios se quedan quietos, esperando. Los otros imitan la canción aprendida, la repiten, la falsifican. O, consumidos de impaciencia, desertan de la peregrinación hacia la tierra prometida y se detienen en el primer oasis del camino.

—¿Y los que perseveran?

—Pueden morir, como Moisés, sin haber llegado más que a entrever su patria. O pueden sentir que en sus entrañas brota, de nuevo, el manantial de agua viva y las inunda con su sobreabundancia de dones.

—Pero no se puede edificar una vida sobre bases tan precarias. Todo depende de casualidades imprevisibles.

—De la gracia. Y para que la gracia actúe es preciso mantener la rienda corta a la voluntad. Cuando la hemos aniquilado ya podemos decir que apartamos la piedra del sepulcro. A otros grados superiores de renunciamiento correspondería el que nos desligaran de nuestros vendajes de cadáveres. Y luego, al fin, escuchar la voz que nos ordena, como a Lázaro, levantarnos y andar. Y hemos de mezclarnos con los que se apartan de nosotros horrorizados porque, al través nuestro, se ha cumplido un hecho sobrenatural que debería ser motivo de regocijo pero que no lo es porque en nuestra existencia palpan los demás la fragilidad de las leyes que los rigen, la ambigüedad de los signos que dibujan encima de las figuras de su mundo para que las expliquen.

La animación, que había resplandecido en el rostro de Matilde durante los primeros momentos de la charla, fue extinguiéndose como una brasa que se cubre, paulatinamente, de ceniza.

—¿Acierta alguno a imaginarse el espanto de los días de Lázaro? Después de que el milagro lo ha traspasado, lo ha sacudido, lo ha vuelto otro ¿qué va a entender de las discusiones de los mercaderes sobre el precio del trigo? ¿Cómo va a afligirse por los sufrimientos de la hembra al parir? ¿Cómo va a preocuparse de sembrar hoy para que el mañana no lo sorprenda sin una provisión? Después de que ha visto, aunque sea durante el tiempo de un parpadeo, la eternidad, todo afán ha de parecerle mezquino, todo quehacer ha de irritarle porque lo aparta de una memoria divina. Y descuida lo que lo solicita a su alrededor para consagrarse por entero a la nostalgia.

—Pero entonces se convierte en un estorbo, en un mendigo, en un paria.

—En un loco, que es también todo eso. Por compasión, algunos le aventarán mendrugos, limosnas. Por burla, otros le pedirán que narre su aventura, esa aventura maravillosa para la que no hay palabras en ningún idioma y que Lázaro cuenta, balbuceando, mientras el auditorio ríe o aplaude, que son las dos maneras de no escuchar, de negarse a entender.

—La última, la del aplauso, es la que te tocó a ti.

—Eso dicen. Y supongo que tienen razón quienes intentan consolarme añadiendo que es la mejor parte. Pero yo, de mí, diría que he luchado con todas mis fuerzas para que no me sepulten de nuevo. Que me he debatido, como una leona, para conservar el recuerdo, para conjurar, uno por uno, los espejismos con los que han querido engañarme y distraerme. Y que llené de pistas falsas mis libros para que me busquen donde no estoy y para que se apacigüen creyendo que me encontraron y que me encadenan y que me amansan y que me guardan.

—Ha cometido un fraude.

—¡Pero he sobrevivido! Y no me sumé a las huestes del Príncipe de este mundo, que son tan numerosas y que tan buen trato reciben. Sino que he permanecido fiel a mi promesa única y no me he alimentado sino de una raíz amarga que es la palabra verdadera.

—¿Pero entonces? Usted misma ha dicho que sus libros están llenos de pistas falsas.

—Yo hablé de alimento. Tú eres la que habla de las deyecciones.

Aminta decidió que el monólogo de Matilde había durado ya un tiempo excesivo y se dispuso a interrumpirlo.

—Es una tesis muy original y corresponde con tanta exactitud a la poesía que yo hago —una poesía de las esencias— que estaba preguntándome si no sería una pretensión exagerada de mi parte rogarle que me permita reproducir estas palabras en las primeras páginas de mi próximo libro.

—¿Un prólogo? ¿Firmado por Matilde? —reaccionó con alarma Josefa.

—Naturalmente. Matilde tendría el crédito que le corresponde.

—Pero habría que redactar, corregir, afinar… y yo estoy tan cansada.

—No va a tener que molestarse. Déjeme el trabajo a mí y no se arrepentirá.

—¡Cuidado, Matilde! —exclamó Josefa tomándola del brazo como para apartarla de la amenaza de un reptil venenoso—. Usted sigue viendo a Aminta como lo que fue, una alumna excepcionalmente dotada, aunque incapaz de disciplina, que asistía a sus clases más que para aprender para discutir, más que para recibir para afirmarse. La mujer que tiene usted enfrente ahora ha llevado al límite extremo todas sus virtudes y todos sus defectos. Y es peligrosa. No se detiene ante nada cuando codicia algo que puede beneficiarla. Si usted la autoriza a reproducir la más mínima de sus frases, la alterará, la llenará de adjetivos elogiosos para ella, la convertirá en una exaltación de su obra, en una intimidación a los lectores y a los críticos para que aplaudan en su libro un mérito que no existe.

—¡Voy a hacerte tragar tus calumnias! —repuso, a grito herido también, Aminta, a la que impedían pasar a los hechos Elvira y Cecilia.

—Calma, calma, no se exalten así porque el incidente carece de la más mínima importancia —dijo Matilde sin que ni el tono de su voz ni su postura en la silla delataran ni sobresalto ni contrariedad ni sorpresa—. No, criatura, le agradezco su intención pero no insista. No trate de abrirme los ojos porque desde hace muchos años "yo no quiero mirar para no herir".

—¡Está absolutamente chocha! —estalló Susana que había perdido, por completo, el dominio de sus nervios.

—¡Qué lenguaje tan arcaizante usan los jóvenes hoy en día! Llaman chochez a mi pasividad, una pasividad de árbol del camino que no defiende sus frutos del hambre de los que pasan. El término señala mi actitud, tal vez, pero no la explica. Y no la explica tampoco ni la indiferencia ni la magnanimidad ni la virtud ni la estupidez. Yo no soy ni indiferente ni magnánima ni virtuosa ni estúpida y quiero que quede bien claro. Yo soy una mujer que padece vergüenza.

—¿Vergüenza? —repitió extrañada Aminta—. ¿De qué?

—De haber recibido tanto y haber dado tan poco.

—Ha sido egoísta —concedió Josefa—. Pero no más que la generalidad de las solteras. Y, por lo menos, usted ha tenido el atenuante de sus aptitudes creadoras, de su tarea intelectual, de su obra literaria.

—Cordelia, Antígona, Ifigenia o, para ser autóctonos, Margot, el ángel del hogar, merecen mi más honda simpatía, suscitan mi más encendida admiración pero no me han producido jamás ni el más efímero deseo de imitarlas. Sé, por experiencia propia, que la devoción a la familia no habría calmado mis escrúpulos morales... aunque también sé que la falta de devoción ha exacerbado mis sentimientos de culpa. Porque yo me crié en el seno de una familia que, hasta para los criterios más exigentes, era considerada como ejemplar. Pero en cuanto tuve uso de razón y pude juzgarla según mi criterio, no me di tregua sino hasta después de haber roto la última de mis ataduras con ella. Fui despiadada, con mi padre que no se consoló nunca de haberme perdido; con mi madre, que me maldijo en su lecho de muerte; con mis hermanos, que me repudiaron. Pero entonces yo estaba convencida de que mis deberes eran para con la Humanidad, así, con mayúsculas y en abstracto.

Para colmo fue entonces cuando comencé a escribir, cuando ya no pude continuar resistiéndome a aceptar mi destino.

—Lo dice usted como si una cosa se contrapusiera con la otra.

—No se contraponen, se anulan. Cada poema me arrebataba, como el carro de fuego a Ezequiel, hasta unas regiones que me volvían inaccesible aun para las criaturas que estuvieran más próximas a mí. Para no tener testigos —ni estorbos— yo me aislé por completo. Vivía sola en un cuarto alquilado, sin amigos, sin vecinos, sin conocidos. Y cuando salía a la calle, porque necesitaba respirar, moverme, iba como una sonámbula o como una convaleciente. No veía nada a mi alrededor. ¡Más me hubiera valido seguir así siempre! Pero un día, como a San Pablo, se me cayeron las escamas de los ojos: un automóvil, que estuvo a punto de atropellarme (y fue un milagro que no lo hiciera, dada mi distracción) atropelló a un niño al que quizá yo podía haber salvado... si lo hubiera visto. Me quedé allí junto a su cuerpo, inmóvil, porque está prohibido tocarlos, esperando a que llegara a recogerlo la ambulancia. Y después esperé, en los corredores del hospital, hasta que avisaron que había muerto. Entonces comprendí que no había Humanidad sino hombres y que cuando un hombre agoniza en la oscuridad de hambre, de frío, de dolor, de miedo, acercarse a él —para recitarle un poema— es un insulto, es una burla intolerable.

—Si todos los poetas pensaran como usted no habría poesía —apuntó con precaución Elvira.

—Yo pienso así y sigo escribiendo poemas. Lo único que sucedió fue que quise aprender, además, un oficio útil. Lo primero que se me ocurrió fue, como era de esperarse, la enfermería. Pero no había una célula de mi organismo que no se encabritara contra mi voluntad, que no retrocediera con asco ante las llagas, ante los hedores, ante la sangre. Tuve que aceptar una tarea más modesta y adquirí el título de maestra rural.

—¿Fue entonces cuando partió usted al Sur? —Preguntó Cecilia, más que para averiguarlo para exhibir sus conocimientos recientemente adquiridos de la biografía de Matilde.

—Sí. Yo iba preparada para todo… Menos para lo que encontré. Estaba dispuesta a soportar privaciones, a interponerme heroicamente entre las víctimas y los verdugos, para salvarlas aunque fuera a costa de mi vida. Pero, por lo pronto, me enviaron a una comunidad indígena monolingüe. Nadie allí hablaba ni entendía el español; y yo, con este don de lenguas que Dios no me ha dado, era incapaz de pronunciar una sola palabra en el dialecto de aquellas criaturas. Trataba de mostrarles, con actos (no disponía de ningún otro medio de expresión), mi buena voluntad. Pero partíamos de concepciones tan diferentes de las cosas que yo acertaba, casi de modo infalible, a ofenderlos, a ponerlos en guardia contra mí, a proporcionarles motivo de risa. Me aceptaban, pero no como al Kukulcán que yo había pretendido resucitar, sino como a una pobre mujer extraviada y bastante tonta. Aparte de lo que pudiera sufrir mi orgullo no les será difícil deducir que mi influencia era nula y que mi eficacia andaba por los suelos. En la única Navidad que pasé con ellos se me ocurrió que organizáramos una celebración con villancicos, piñatas, colaciones, en fin, el modo clásico. Ése era el proyecto. La realidad fue una borrachera atroz con el saldo de varios heridos a machetazos, algunas violaciones y una suciedad universal.

—¡Qué horror!

—Fue lo que yo sentí y mi primer movimiento fue de fuga pero no contaba con ningún medio para llevarla al cabo. Así que hice de la necesidad virtud y me quedé entre ellos, que comenzaron a respetar mi valor y a manifestarme algunos signos de deferencia... no tan obvios ni tan insistentes como para que yo me hiciera ilusiones. Sólo para que estuviera tranquila y meditara. Y meditara hasta entender que, por desinteresado que sea un propósito y pura su ejecución, en cuanto transita al reino de los hechos cae bajo otra ley y se mezcla a constelaciones que son totalmente ajenas a quien ha concebido y ejecutado el plan, tan ajenas que acaban por volvérselo irreconocible. A veces el trayecto entre la idea y el acto es más corto: lo que basta para que un proyectil rebote contra un obstáculo cualquiera y retroceda a herir a quien lo ha lanzado.

—Yo prefiero el País de las Maravillas de Alicia y no éste. Es igualmente arbitrario sólo que más humorístico.

—No, la arbitrariedad es una primera impresión por la que no hay que dejarse engañar. Sirve para que tras ella se escondan los principios, los mecanismos, las leyes a las que se somete, sin excepción, la realidad. La certidumbre del rigor es más intolerable, para la mente humana, que la sospecha del azar.

—¿Y ese descubrimiento le sirvió de algo?

—Me convenció de que lo que yo trataba de hacer, a pesar de todos los abrumadores testimonios en contrario, tenía un sentido. Porque es preciso, sí, ésa es la única norma moral a la que me atengo desde entonces, es preciso mantener —o, mejor todavía, acrecentar— la suma de bien y de belleza que existe en el universo y que es un patrimonio del que participarán todos. Así no se actúa para beneficio particular de éste, que me roza con su miseria, ni del de más allá, que me conmueve y me desazona con sus lamentos. Sino pensando en el otro, oculto tras el velo del espacio y del tiempo, a quien sólo el amor me lo hace visible.

—Y también la poesía —añadió Elvira.

—La poesía me pone ante los ojos la ley, sin la cual mis castillos de arena se derrumbarían: la de la distancia estelar que separa la causa del efecto. Pero también la de la firmeza irrompible del vínculo que une a la causa con el efecto. En este Cosmos que habitamos no hay excepciones a la vigencia de la regla, no hay ruptura, no hay fallas, sino una continuidad, una cohesión que nos permite ser libres, espontáneos, improvisar, dejar que fluya la invención y el juego…

—En suma —concluyó ásperamente Josefa—, que nos permite firmar el prólogo a un libro que no se ha leído.

—¡Burguesa! —la llamó Aminta—. Tú eres de las que antes de conceder a alguien el honor de un saludo le pides un certificado de buena conducta y su reacción de Wassermann. De las que quisiera que cada persona y cada cosa ostentaran una etiqueta con su precio, para que supieras a qué atenerte respecto a su calidad.

—¡Qué importancia le das a un prólogo, Josefa!

—No me halaga lo que has dicho pero suponiendo que lo aceptara, ésa sería una razón de más para firmarlo. Hace años que me he resignado a dar únicamente lo que tengo: mi nombre. ¿Qué me importa si lo usan para apuntalar un manifiesto inoperante o unos versos mediocres?

—Tiene usted algo más que nombre, Matilde: tiene dinero.

—¿Y por eso he de volverme cautelosa? ¿Y he de negar el alojamiento a un huésped, detenida por la precaución de que no vaya a resultar un perseguido de la justicia? ¿O he de mezquinar el socorro a un menesteroso porque no lo empleará en adquirir lo necesario sino que lo despilfarrará comprando lo superfluo?

—Pero eso tampoco es el bien, Matilde —replicó, ya en el límite de su resistencia, Elvira.

—Según el Evangelio, sí. ¿No pide que nuestra mano derecha ignore lo que hace la izquierda? Pero esta sabiduría a los ojos del mundo es locura.

—¡Sabiduría! Escepticismo. En el fondo lo que está usted negando es la posibilidad de saber qué significado tiene ninguna de nuestras acciones ni qué consecuencias alcanzará. Tomemos el caso de Aminta, por ejemplo: usted firma el prólogo que ella ha redactado a su antojo y se tranquiliza pensando que, tal vez, el texto será contraproducente en el ánimo de los críticos y pondrá un "hasta aquí" a la docilidad de sus admiradores.

—¡Toco madera! —exclamó Aminta—. Pero no te preocupes, Elvira, que yo tendré buen cuidado de que nada de eso suceda.

—Por lo pronto, Matilde, usted se quita de encima a una importuna y la ve partir sonriente, agradecida, satisfecha. Su favor, mientras tanto, ha entrado en la órbita de la ley donde sufrirá quién sabe qué imprevisibles metamorfosis.

—Imprevisibles e inevitables.

—Bien. ¿Pero por qué no vuelve usted los ojos hacia otra parte? Hay aquí una mujer a quien su acción —el prólogo— ha decepcionado, entristecido.

—La tristeza del bien ajeno, la envidia, no es más que miopía. No percibimos más que lo inmediato y, hasta eso, ni siquiera en su totalidad.

—Pero Matilde, lo que Josefa ha estado aguardando desde que llegamos no son sus consejos, sino sus beneficios.

—¿Cómo puedo beneficiarla yo?

—Invitándola, lo mismo que a sus compañeras, a que pasen a la mesa. La comida está servida —anunció Victoria desde el umbral.

—¿Lo comida? —repitió Matilde como si este trozo no lograra insertarse en el rompecabezas que había estado componiendo.

—Sí. Es hora ya de comer. Tus huéspedes han de estar desfallecidas de hambre.

Hubo murmullos de protesta pero que no cristalizaron en una negativa individual.

—¿Y qué comeremos? —preguntó Matilde, más que por curiosidad de enterarse por deseo de aplazar el momento.

—El platillo principal es arroz a la mexicana.

Matilde guardó silencio como si esta revelación la hubiese aniquilado. Y luego se puso de pie, con los titubeos, con la dificultad de los inválidos, pero impulsada por una especie de frenesí de incredulidad y de cólera.

—¿Arroz a la mexicana? ¿Cómo se te ocurre? Es un platillo que aborrezco, que me produce alergia, que me han prohibido los médicos. ¿Qué es lo que te propones? ¿Envenenarme? ¿O simplemente dejarme morir de inanición?

Todas enmudecieron, estupefactas. Únicamente Victoria conservaba la ecuanimidad y hasta un rastro, casi imperceptible, de sonrisa.

—Ni una ni otra cosa. Me proponía darte gusto cocinando algo que tú misma me encargaste.

—¡No estoy loca para encargar semejante incoherencia!

—Tengo testigos, Matilde.

—¡Claro! Sería muy impropio de ti proceder sin antes haber tomado las precauciones necesarias. Ya espero, de un momento a otro, que se levante un clamor general, de voces que tú habrás sobornado, para jurar y perjurar que yo fui quien dio la orden de que se preparara el arroz a la mexicana.

—No de que se preparara —puntualizó Susana—. De que lo preparara la misma Victoria.

—Ah, de modo que eso es lo que te ha entretenido tanto tiempo. De que por tal motivo me abandonaste aquí, a la merced de unas desconocidas que no han cesado de interrogarme, de acosarme, hasta que me obligaron a concederles yo no sé qué, para que me dejaran en paz.

Aminta y Josefa iban a soltarse hablando simultáneamente pero cada una calló por el deseo de que callara la otra.

Victoria se acercó a Matilde y la tomó por la cintura para sostenerla, para ayudarla a caminar. Matilde reclinó la cabeza sobre el hombro de Victoria mientras le reprochaba con suavidad.

—¿Por qué no estabas aquí para defenderme?

—Ya, vamos, cálmate, ya. Te prometo que no volverá a suceder.

—¿Harás que se vayan? ¿Me protegerás si regresan de nuevo?

—Sí, Matilde.

—Se disfrazan, se ponen otra cara. ¿Atinarás a reconocerlas?

—No te hará daño nadie. Anda, ven a dormir.

Desde la puerta Victoria se volvió e hizo un guiño que podía interpretarse como una petición de benevolencia para la conducta de Matilde, disculpable por su edad, sus condiciones de salud y, sobre todo, por su genio. A esta petición correspondieron las invitadas con un silencio en el que sólo se intercambiaban miradas imprecisas aún pero en las que ya comenzaba a aflorar, más que la consternación por el rumbo de los acontecimientos, el secreto regocijo de los iconoclastas que acaban de descubrir los pies de barro de un ídolo hasta entonces reverenciado. Poco a poco este sentimiento fue transformándose en la avidez del goloso que contempla ante sí un suculento manjar al que no se arroja de inmediato para devorarlo, contenido por el pudor social.

—¡Menopausia, cuántos prólogos se pierden en tu nombre!

Fue Josefa la que parodió la cita histórica pero Aminta, que no se daba por vencida con tanta facilidad, desdeñó la alusión.

—Lo que siento es el arroz. ¿No lo huelen desde aquí? ¡Ha de estar delicioso!

—¡Y con el apetito que se abre al nivel del mar! —exageró Susana.

—Pues vamos a tener que conformarnos con ser las "convidadas a viento".

—Yo ya estoy harta de este ruido y de esta sal que se le mete a uno en los poros y de este calor que le derrite hasta la médula. Con razón dice el refrán que de los parientes y el sol... Me voy adentro. La que quiera venir en pos de mí...

—...resígnese a soportar mi compañía y sígame.

—¿Vamos a quedarnos después de lo que ha sucedido? —preguntó Cecilia, cuya dignidad exigía una reparación.

—¿Qué ha sucedido? Matilde nos ha dado una exhibición privada de sus habilidades —definió Aminta mientras penetraba en el interior.

—Nos ha acusado de abusar de su confianza.

—Lo cual no deja de ser cierto... en parte —admitió Josefa mirando directamente a Aminta.

—Matilde no hizo distingos.

—Las deidades no suelen hacerlos. Desde su impasibilidad alumbran lo mismo a los buenos que a los malos.

—Además no nos ha acusado ante ningún tribunal supremo sino ante una simple secretaria —puntualizó Aminta como para atenuar la gravedad del asunto.

—Quien, a juzgar por lo que hemos presenciado hoy, ha de estar completamente curada de espanto.

—Lo que no puede negarse es que Matilde se pasa de la raya en cuestión de extravagancia. Mientras la oía hablar estaba preguntándome si no se habría inyectado algo... alguna droga.

—¡No seas absurda, Josefa! ¿No recuerdas ya de qué modo daba su clase? Era como asistir a una sesión de espiritismo. Le sobrevenía una especie de trance y desde ese estado profería sus revelaciones.

—Exageras, Elvira. Matilde tenía muchos momentos de equilibrio y de lucidez.

—En los que no valía la pena escucharla porque no decía más que necedades.

—Pues ya estarás contenta. Ahora esos momentos de equilibrio y de lucidez han desaparecido.

—¿Por qué?

—No le hagas al Sherlock Holmes, Aminta, que no te queda. Ya lo dije desde el principio: por la menopausia.

—La hipótesis es admisible —asintió Elvira—. Dada su edad.

Pero Aminta se opuso, con inusitada repugnancia, a esta explicación.

—Las vedettes no tienen edad. Y Matilde —no van a discutírmelo después de lo que han visto con sus propios ojos—, no es más que una vedette.

—Tú, mejor que nadie —apuntó con acritud Josefa—, deberías de saber que el género de vida que llevan las vedettes es totalmente distinto al que ha llevado Matilde. Añade a la menopausia la castidad, si es que conoces el significado de esa palabra, y ya tienes resuelto el enigma.

—Sí, sí, la castidad. Ésa es la leyenda que le han fabricado, pero yo, que sé cómo se manejan las famas, no me voy a dejar embaucar tan fácilmente. Calculen: una mujer (que no ha de haber sido fea en sus mocedades), suelta por el mundo, sin quien la vigile, sin quien le vaya a la mano... Y, además, rica. Como para pagarse un capricho, si lo tiene. O para rechazar una proposición, si no le agrada.

—Inconcebible ¿verdad? Sin embargo, yo insisto —y no tengo mal ojo para distinguir ciertos matices— en que es casta.

—¿Por virtud?

—Por orgullo, por timidez ¿qué sé yo? Hasta por anormalidad. Hay tantos motivos para guardar la continencia que no son, forzosamente, ni admirables ni plausibles...

—Entonces no me importa —dijo Aminta.

—Pero a la naturaleza le da igual que un individuo se abstenga de cumplir ciertas funciones por una causa o por otra. Lo único que percibe es que la abstención viola sus leyes y entonces se produce, de manera fatal, el resultado: la locura.

—¿Está comprobado científicamente eso que afirmas, Josefa?

—¿Por qué has de alarmarte tú, Aminta? No es tu caso.

—No es su caso, ahora. Tal vez piensa en el futuro. Aunque yo considero que es una precaución excesiva e inútil. Porque una vez sobrepasada la edad crítica las actividades sexuales cesan de tener importancia biológica.

Elvira ríe silenciosamente.

—No puedo imaginarme a Matilde relacionada, ni siquiera por la edad, con ninguna cosa que tenga que ver con la crítica. Siempre será una intuitiva, una inspirada…

—Una poseída por las musas —concluyó Aminta.

—¿Qué quieres insinuar? —dijo, con exagerada indignación, Josefa—. ¿Que das crédito a aquellos rumores que corrieron cuando Victoria aceptó el cargo de secretaria de Matilde?

—Si yo hubiera querido decir algo lo habría dicho. De sobra sabes que mi estilo es directo y sin adornos.

—En otras palabras, pobre en recursos.

—¡Basta ya de estas escaramuzas, muchachas! Son de una monotonía verdaderamente exasperante. Volviendo a Matilde…

—Mírate en ese espejo, Elvira —aconsejó, apocalípticamente, Josefa.

—¿Me estás augurando el Premio de las Naciones?

—Ese premio no fue sino una casualidad que no se repite en un millón de años. Te estoy poniendo en guardia contra la soledad, el desamparo, el desvarío.

—La virgen errante... Me temo que ése ya no podrá ser mi sobrenombre, al menos desde el punto de vista oficial. Soy divorciada, recuérdalo.

—¿Cómo voy a olvidarlo después de haberte acompañado en todos los trámites? Ah, pero no lo hice sino después de agotar hasta el último argumento de la conciliación.

—Sí, sí, pero ni mi ex marido ni yo quisimos escuchar la voz de la prudencia.

—Elvira, yo sigo sosteniendo que vale más un mal matrimonio que una buena separación.

—Ya se ve, puesto que sigues cargando la cruz.

—Y tú ni siquiera habías perdido la esperanza de tener hijos. ¿Qué fue lo que te hizo precipitarte? ¿No te arrepientes al ver que no queda ninguna huella de esa unión?

—Pregúntale a Aminta si se arrepiente de sus aventuras. Tampoco la marcan.

—Ya sé que me dirá que no, que está satisfecha. Las dos se alzan de hombros, como si hubieran acertado con el método para repicar y andar en la procesión. Como si no supieran que el sexo no se justifica ni por el placer ni por el amor. Su única función lícita es perpetuar la especie. Lo demás no sirve sino para dorar la píldora.

—Una píldora muy eficaz.

—¿Y crees que permanecerás impune, Aminta? A la naturaleza no puede burlársele así. Las consecuencias llegarán a su hora.

—¡No es cierto, mientes! —replicó vehementemente la amenazada. Y, después de una pausa en la que fue ganando ventaja el temor, dijo—: ¿Qué consecuencias?

—No te dejes amedrentar —le reprochó Elvira—. Según las tesis de Josefa, la única que va a salvarse del cataclismo universal es ella.

—Porque soy la única que ha asumido plenamente sus responsabilidades de mujer y de madre.

—¿Y de escritora?

Un violento rubor cubrió sus mejillas.

—Cuando escogí mi vida lo hice también pensando en mi obra. Necesitaba experiencia. No podía hablar si no sabía de lo que estaba hablando.

—¿Y cuál iba a ser tu mensaje? ¿La descripción de los síntomas de la varicela? ¿O la angustia ante la rapidez con que la ropa deja de venirle a los niños? ¿O la elevación anual del precio de las colegiaturas?

—Es cruel burlarse así, Elvira.

—Eso es lo que conociste al través de la maternidad, pero no es eso lo que escribes. Tu tema es el Hombre, la criatura sublime cuya mirada se pierde en un horizonte de espigas que simbolizan la esperanza.

—¡El hombre! —repitió con sarcasmo Aminta—. Como no has tenido que lidiar más que con uno —con tu marido— conservas intactas tus ilusiones de adolescencia y atribuyes a los demás unas aptitudes de las que, lamentablemente, carecen. El género masculino, en sentido lato, deja muchísimo que desear. ¿No es cierto, Elvira? Yo por eso no hablo sino de Dios.

—La poetisa del éxtasis ¿no?

—Mis éxtasis son terrenos y mis visiones celestiales. ¿Qué quieres? En el variado catálogo de escritores yo escogí la vida de unos y el estilo de otros.

—Pero los místicos se mortificaban, maceraban su carne, buscaban una vía de iluminación.

—Porque vivían en siglos oscuros. Además, Dios no puede ser tan vulgarmente celoso como para castigarnos por los pequeños placeres que nos depara la casualidad.

—La misma casualidad que depara el descubrimiento al sabio que ha meditado años enteros sobre un problema: la manzana de Newton.

—Yo, lo mismo que Picasso, diría que no busco. Encuentro.

—Sobre todo, tus temas literarios. Basta abrir un manual y allí están todos, hasta en orden alfabético.

—No olvides añadir que aureolados con el prestigio de la tradición.

—Y despojados de la gala de la originalidad.

—No hay nada nuevo bajo el sol.

—Ésa podría ser muy bien la divisa de un loro.

—Tu divisa, Josefa, si te atrevieras a ostentar la que te corresponde. Porque tú te tranquilizas pensando que puedes hacerte pasar como la inventora de un estilo nuevo únicamente porque has escogido, para copiarlos, modelos más recientes o más mediocres. Pero toda la selva sudamericana está cundida de la retórica que tú usas y que se expande como la mala hierba porque no hay una mano civilizadora que le oponga un dique, que la sujete a un fin, que la reduzca a un orden.

—Cualquiera diría, al escuchar tu veredicto, que mis textos son confusos.

—Dejo el trabajo de interpretación a los aficionados a resolver crucigramas. Y no les arriendo la ganancia. A la postre hallarán un himno al amor y un llamado a la paz.

—¿Por qué te ensañas así contra ella, Aminta? —reprochó Elvira.

—Porque me irrita su hipocresía y su limitación y sus aires remilgados de señora decente y sus ínfulas de fiscal.

—¿No vas a defenderme, Elvira?

—Por una parte, los ataques que te lanzan carecen completamente de autoridad. Por otra, yo no estoy muy lejos de compartir ese juicio... aunque sea con Aminta.

—Eso se llama equidad —aplaudió Cecilia—. O de cómo perder amigos y no influir sobre los demás.

Josefa sonreía con amargura.

—Ya no me extraña que te hayas divorciado.

Pero antes de que terminara de pronunciar su anatema, añadió Aminta:

—Lo que me extraña es que alguien haya sido tan imbécil como para querer casarse con ella, aunque no fuera más que temporalmente.

Pero ninguno de los comentarios alteró a Elvira.

—Muchachas, nos estamos saliendo del tema otra vez. Volvamos a la literatura. ¿Recuerdan nuestros años de estudiantes?

—¡Uf! ¡La prehistoria!

—Sí, pero no hemos pasado todavía a la historia. Por lo menos en lo que a mí concierne.

—Hecha esa salvedad, estoy de acuerdo.

—Teníamos la vida entera por delante. Y, como Hércules antes de emprender sus trabajos, varios caminos a seguir y guías interesados en conducirnos por uno o por otro.

—Estábamos rodeadas de Minervas por todas partes. Pero en cuanto a Venus había algo más que escasez: carencia absoluta.

—¿Entonces cómo fue posible que Aminta escuchara tan dócilmente sus consejos?

—Calla, Josefa. No rompas el hilo de la evocación porque estoy siguiéndolo con mucha dificultad. Nos inscribimos en el curso de Matilde...

—¡Teoría literaria! ¡Ella!

—Yo no esperaba aprender mucho acerca de la materia. Pero sí encontrar la respuesta de las preguntas que más me atormentaban. Y las encontré —admitió Elvira después de una pausa—, pero eran tan ambiguas como las de la Sibila de Cumas.

—¿No eran ambiguas también las preguntas? —quiso averiguar Cecilia.

Elvira sonrió a esta figura rediviva de sus perplejidades, de su juventud, de su pasado.

—También, naturalmente. Pero poco a poco fueron haciéndose más precisas, más nítidas. Hasta que un buen día ya pudimos declarar, sin rodeos, que teníamos una vocación y que esa vocación era la de ser escritoras.

—¡Qué pena con los muchachos! —se ruborizó todavía Josefa—. Se burlaban de nosotras y nos ponían apodos.

—Las vírgenes fuertes —apuntó Susana dándoselas de enterada.

—¡Qué más hubiéramos querido! —contradijo Elvira desentendiéndose del origen de esta aseveración—. "Las tres parcas." ¡Y con qué terror huían de nosotras nuestros compañeros!

—¿Pero qué tal a la hora de los exámenes? Nos llovían las invitaciones al cine, a tomar un café, a dar una vuelta al parque…

—Entonces llegaba el desquite. Y escogíamos al que nos caía mejor para que se sentara al lado nuestro durante la prueba y pudiera copiar lo que escribíamos.

—Yo siempre tuve la sensación de que tampoco les simpatizábamos mucho a los maestros. Adoptaban hacia nosotras actitudes de una cortesía, de una caballerosidad tan excesivas que tenían, forzosamente que ser falsas.

—Era —aseguraba Victoria—, su método para reducirnos a la calidad de damas, para despojarnos de nuestras armas de combate.

—Pero cuando se trataba de calificar nuestro trabajo no les quedaba más remedio que aprobarlo y hasta ponerle diez.

—Sí —se quejó Aminta—, a mí me ponían diez

pero antes me pellizcaban las piernas por debajo de la mesa.

—Aminta, has llegado al punto de no poder hablar sin que salpique algo del lodo en que te revuelcas a tu alrededor. ¿Debajo de cuál mesa? Los exámenes se hacían en los pupitres y los maestros estaban a una respetable distancia. Ni siquiera puedes decir que tuviste a alguno a tu alcance como para pellizcarlo tú.

—Me pellizcaban —insistió Aminta, como si se tratara de un punto de honor—. Me proponían cosas.

—¡No es verdad! —machacó Josefa—. Eran unas bellísimas personas.

—Hay que reconocer —transó Elvira—, que las bellísimas personas tienen también apetitos y que Aminta era la más apetecible de nosotras.

—La más desvergonzada. ¿Por qué si te hacían eso que dices no protestaste?

—Porque me sentía tan generosa como la Sunamita comunicando su calor a algún David moribundo. Casi todos se conformaban con olfatearme.

—¡Qué escarceos tan inocentes!

—Eso es lo que le parece imperdonable.

—Además ¿con quién podía yo hablar? Tú, Josefa, habrías puesto —entonces como hoy— el grito en el cielo. El Director de la Facultad habría hecho un escándalo…

—O pedido su parte.

—Yo no estaba para correr riesgos. Por menos que eso me habrían echado de mi casa.

—Así que te dejabas olisquear y te callabas. ¿No eras capaz de hacerte valer por ti misma?

—No —admitió, con un alborozo retrospectivo que le abrillantaba los ojos, Aminta—. Ellos me querían, me admiraban, creían en mí. Me enseñaron muchos secretos.

—El itinerario del alma a Dios —dijo con ironía Josefa—. Y el del cuerpo al hospital.

—No esquematices, mujer. Yo me represento la trayectoria de Aminta de otro modo. Ella entrevió, cuando todavía era demasiado joven, un dechado de perfección formal y se propuso como una meta para alcanzarla. El único camino seguro, a esa edad, es el del caos. Y no vaciló en seguirlo.

—¡Igualito que Rimbaud! Por favor, no sigas que vas a hacernos llorar con las hazañas de tu heroína.

—Cálmate, que ya te va a tocar tu ración. Tú también has sido heroica a tu manera... una manera mucho menos espectacular y mucho más común: la doméstica. Como la perfecta casada de Fray Luis te levantas al alba y vigilas y te afanas el día entero sirviendo a los tuyos. Y mientras velas, cuando todos duermen, escribes el poema. Con cuidado, para que el rasgueo de la pluma sobre el papel no vaya a turbar el silencio nocturno, el reposo de los que descansan.

—¡Qué hermosa composición de lugar! Me recuerda esos interiores flamencos, tan pulcros. Pero no advierto en él ninguna estantería con libros.

—No la hay. Josefa renunció, muy precozmente, a los placeres de la lectura por el temor de contaminarse con las influencias extrañas.

—En cambio tú, con esa audacia que únicamente da la inconsciencia, no temiste convertirte en una erudita.

—En efecto. Estaba a punto de metamorfosearme en un ratón de biblioteca cuando el Hada Buena materializó ante mis ojos al Príncipe Azul. Era la encarnación de la belleza, de la fuerza viril, de la vitalidad, de la aventura.

—¿Se puede saber de quién estás hablando? —preguntó, con las narices dilatadas de ansiedad, Aminta.

—De mi exmarido. ¿De quién más iba a ser?

—¡Lo que engañan las apariencias! Yo lo recuerdo más bien como un señor —un señor esmirriado, conste— al que le preocupaba obsesivamente la duda de que el nudo de su corbata estuviera derecho.

—Era muy serio y muy culto —lo defendió Josefa.

—Era apenas un poco menos encogido y menos polvoriento y menos miope que yo. Por eso mi proximidad le producía el efecto de un cataclismo. Jamás he contemplado, ni antes ni después, una devastación tan completa causada por un ser humano sobre otro. Sudores, temblores, tartamudeos. Cuando le propuse que nos casáramos no se atrevió a decir que no.

—¡Qué mujer tan tonta fuiste, Elvira! ¿Te das cuenta de la oportunidad de oro que desperdiciaste? Si él era tan dócil habría bastado, para manejarlo bien, con que tú simularas cierta debilidad, cierta condescendencia.

—Pero yo no podía simular porque estaba enloquecida. No, no se rían que no enloquecí de amor sino de celos, de afán de posesión y de dominio, de instinto exacerbado de defensa. Estaba alerta, día y noche, para conjurar un peligro que nunca alcancé a localizar. Y me convertí en una llaga a la que era imposible aproximarse sin que gimiera o estallara en alaridos. ¿Para qué entrar en detalles que tendrían que ser inventados porque ya no los recuerdo? El caso es que de aquella relación tan apasionadamente tempestuosa sobrevivimos ambos con mucha dificultad.

—¡Qué absurdo, pero qué absurdo! Si ustedes formaban una pareja tan pareja. Tenían los mismos intereses, el mismo nivel intelectual, hasta el mismo título.

—El único que ha creído que el matrimonio es una asociación de ideas o una larga conversación (y esa creencia habrá que achacársela a sus peculiaridades psicofisiológicas) fue Oscar Wilde. Y no. El matrimonio es el ayuntamiento de dos bestias carnívoras de especie diferente que de pronto se hallan encerradas en la misma jaula. Se rasguñan, se mordisquean, se devoran, por conquistar un milímetro más de la mitad de la cama que les corresponde, un gramo más de la ración destinada a cada uno. Y no porque importe ni la cama ni la ración. Lo que importa es reducir al otro a esclavitud. Aniquilarlo.

—Exageras. Muchos matrimonios perduran.

—Porque uno de los dos se rinde. En México es habitualmente la mujer. Antes de presentar la primera batalla se hace la muerta y asunto concluido.

—¿Y por qué no hiciste tú lo mismo? Al cabo no es más que una farsa.

—Porque no pude. Mi ex marido se rindió antes que yo y los papeles se trocaron y todo se volvió mucho más confuso y más doloroso y más humillante para ambos.

—¿Nunca hubo una tregua?

—A veces, por cansancio, por variar. Pero no duraba más que el tiempo que necesitábamos para recuperar nuestros bríos, íbamos cargándonos de electricidad como las nubes de tormenta y la chispa se producía por la causa más insignificante: una mirada, un matiz de la voz o un silencio eran bastante. Empezábamos con un día nublado y acabábamos con un ciclón.

—¡Pero las reconciliaciones son tan sabrosas!

—No tanto cuando tienes buena memoria. Y en este sentido los dos rivalizábamos. ¡No, qué horrible, no! Y volviendo a la cita de Wilde, bástete saber, Josefa, que yo con mi ex marido no pude sostener un diálogo coherente y ponderado sino hasta después de que se dictó la sentencia de divorcio.

—Ésas son las desventajas de la inexperiencia —declaró Aminta.

—No lo dudo. Pero mi experiencia fue tan catastrófica que me apresuré a volver al refugio de los libros, a la apacible convivencia con los fantasmas. Como si la hubiera estado acumulando durante el tiempo de mi delirio furioso, adquirí de pronto una extraordinaria lucidez. Me miré como era entonces: una mujer de cierta edad, con un estado social equívoco, una profesión y unas aptitudes literarias que no habían pasado nunca de la etapa de la promesa vaga a la de la realización efectiva. Era preciso transitar de un punto al otro y cuando me decidí a hacerlo advertí, de inmediato, mis limitaciones. Yo no poseía más que una modesta habilidad para la manufactura, una cierta facilidad —y felicidad— para la ejecución. Me dediqué entonces a cultivar las virtudes que me correspondían, la constancia por ejemplo. Y pude lograr que las restricciones de mi vocabulario se transformaran en estilo. Como no aspiraba a ninguna apoteosis mundial me satisfizo la opinión favorable de personas cuyo juicio consideraba acertado. Nadie, en el momento en que iba a zarpar, rompió una botella de champaña contra mi quilla, bautizándome como genio. Pero después de comprobar la seguridad y la regularidad de mi marcha, los observadores desde tierra aceptaron, por voto unánime, concederme el talento.

—Y colorín colorado este cuento se ha acabado —remató, con un bostezo, Aminta.

—Todavía no. Porque el talento tiene también sus peligros. Atrae a la confianza de los demás que van depositándola, encima de uno, hasta aplastarlo de responsabilidades y de trabajos. Primero me llamaron para desempeñar un puesto; luego otro de mayor rango burocrático y, cuando vine a darme cuenta, estaba a punto de ser un pilar de las instituciones nacionales. Como no era esta mi vocación y como los cargos me absorbían hasta el punto de que yo no era capaz ni de hacer ni de recordar siquiera qué era un poema, un buen día presenté mi renuncia irrevocable.

—Por lo que te dedicaste a vivir de tus rentas.

—¿Cuáles? Desempolvé mi título que, a fin de cuentas, era de maestra y fui a solicitar una cátedra en nuestra querida Alma Mater. Me mandaron a la Preparatoria, con grupos de ochenta, noventa, hasta ciento veinte alumnos.

—Has de disfrutar allí de la soledad de las multitudes. No, por favor Elvira, no vayas a hacernos una apología del magisterio y del apostolado y de todas esas monsergas de las que estamos hartas. Tú ganas un sueldo de hambre por luchar a brazo partido contra una mayoría abrumadora que sabe, al dedillo, los trucos para que tus palabras les entren por una oreja y les salgan por la otra sin hacer ni la más breve estación en su cerebro. Si a ti esa tarea te gusta y te satisface es que tienes complejo de Danaide. Yo, por mi parte, no cambiaría ni por eso ni por nada mi libertad, mi falta de ataduras.

—¿Libre, tú, Aminta, cuando dependes de tantos... llamémosles factores, todos ellos imprevisibles? No, no es esa la solución. Pero tampoco la solución es aceptar los deberes tradicionales que cumple Josefa. Debe de haber, tiene que haber otra salida.

—¿Matilde?

Como el nombre, pronunciado con una ligera entonación interrogativa coincidió con la entrada de Victoria, fue ella la que respondió:

—Duerme como una bendita. Pero estaba muy excitada y los calmantes tardaron demasiado tiempo en causar efecto. Tanto que yo temía que ustedes se hubieran cansado de esperar y se hubieran marchado.

—¿Sin charlar contigo antes? ¡Imposible!

—Y sin concederte la oreja y el rabo. ¡Porque vaya con el Miura que te ha tocado en suerte y con la mano izquierda que tienes para lidiarlo!

—Matilde no siempre es así; claro que está enferma y que su inestabilidad no ha hecho más que acentuarse con los años. Pero, en general, nos las arreglamos para que las crisis ocurran intramuros y para que ella ofrezca al público una impresión plausible y cumpla satisfactoriamente con sus compromisos. Pero ahora ha de haber ocurrido algo que la alteró hasta el punto de tener dos ataques sucesivos y uno de ellos con auditorio.

—Yo me imagino lo que fue —dijo, con una afectación de reserva, Josefa, que no había cesado de mirar de reojo a Aminta.

—La idea de invitarlas fue de la misma Matilde. Yo no me hubiera atrevido siquiera a insinuársela temiendo que la perturbara un encuentro que, después de todo, tenía que ser emotivo.

—¿Crees que nos haya reconocido?

—Bueno, quizá de momento no pudo identificar los rostros ni asociarlos con los nombres. Pero ella siempre las recuerda como al grupo más brillante que pasó por sus aulas. Y cada una tiene, además, una imagen muy nítida.

—A la mejor se siente, con respecto a nosotras, como una criadora de cuervos.

—Matilde está tan por encima de esas mezquindades...

—...como nosotras por debajo de la capacidad de arrancarle los ojos. Tu hipótesis es falsa, de toda falsedad, Aminta.

—No sé cómo se te ocurrió.

—Está tratando de despistar para que nadie saque a colación el incidente.

—¿Cuál incidente? —preguntó, distraída, Victoria.

—El del prólogo —dijo implacablemente Josefa.

—¿Le prometió un prólogo a alguien? Es lo de costumbre. También promete becas, cartas de recomendación, asistencia a actos benéficos. Yo soy la encargada de examinar esas promesas y de encontrar una excusa para no cumplirlas cuando son excesivamente disparatadas.

—Entonces no es el caso. El prólogo es para un libro mío.

—Habrá que leer los originales ¿no?

—Josefa todavía cree que un escritor es una especie de Fata Morgana. Y que en cada página puede aparecérsenos disfrazado de algo nuevo. No, mujer. Aminta, como quien dice, ha dado ya de sí. Afinará los matices, perfeccionará los procedimientos estilísticos, pero sustancialmente no nos deparará ninguna sorpresa.

—A mí sí —declaró Victoria—. Porque yo he permanecido al margen del proceso y no la he leído aún. Pero la leeré... de una manera desinteresada ya que, desde luego, tiene garantizado su prólogo.

—¿Cómo te quedó el ojo? —retó Aminta a Josefa.

—¿A ti no te ofreció nada Matilde?

—No tuvo tiempo.

—Además ¿qué le podía ofrecer? Ella no escribe más que versos de circunstancias. A no ser que se le ocurra proponerle a Matilde que instituya una justa poética que llevaría su nombre y cuyos premios pagaría con su dinero. ¿Eh? ¿Qué tal, Josefa? ¿Acerté o no?

—No lo sabrás sino después que Josefa y yo hayamos discutido este asunto a solas; cuando ella diga lo que quiere y yo lo que se puede darle.

Aminta alzó los hombros con desdén pero sin añadir ninguna palabra más. La falta de sueño, los whiskies sucesivos, el calor, la tensión en la que se había mantenido hasta entonces (¿y desde cuándo? No desde que llegó aquí, pero no acertaba a precisar el momento) comenzaron a operar en ella transformando su excitabilidad en un principio de indiferencia que no era más que el preludio habitual de los estados depresivos en los que se hundía semanas enteras y de los que, para emerger nuevamente a la superficie, requería el auxilio ajeno o de un médico o de un amigo o de un acontecimiento que le interesara y que la conmoviera. Laxa, entregada ya a la creciente somnolencia, oyó decir a Elvira, sin preocuparse por lo que aquella pregunta fuera a desencadenar:

—¿Qué se siente ser la Divina Providencia?

Victoria se volvió con los labios redondeados alrededor de una O de asombro que no alcanzó la categoría del sonido. Elvira continuaba insistiendo.

—Sí, me refiero a ti. Porque Matilde Casanova no es más que el mascarón de proa de un navío que la empuja, que la orienta, que la hace arribar a puertos felices.

—Primera noticia que tengo. ¿Quién o qué es el navío?

—Adivina.

—Si para describir así a Matilde estás dejándote llevar por esa exhibición de... digamos, temperamento, a la que acabas de asistir, supongo que cuando te refieres a lo real en ella hablas, no de su persona, sino de sus libros.

—Un libro, dirás, es la condensación de un estado de conciencia y estoy de acuerdo. Pero la condensación no se logra sino por un esfuerzo de la voluntad. Y la voluntad de Matilde eres tú.

Victoria hizo ese ademán de rechazo de quienes beben, por primera vez, un licor extremadamente rudo, cuyo sabor se irá percibiendo sólo a medida que la primera sensación se desvanece.

—En resumen, que soy la que saca las castañas con la mano del gato.

Desorientada acerca de los verdaderos sentimientos de Victoria, Josefa se apresuró a desmentir a Elvira.

—¡Pero qué ocurrencias! Antes de venir aquí yo estaba segura de que el único grado de abnegación superior al que exige el matrimonio era el de las monjas. Pero después de haberte visto ya no sé qué pensar.

—Por lo pronto pensarás que yo soy la mano del gato.

—Ni siquiera eso: la castaña. Sí, Victoria, perdóname la franqueza pero he estado conteniéndome a duras penas para no estallar y decirle a Matilde lo que se merece por tratarte como te trata. Mira tú que ponerse hecha un energúmeno sólo porque te esmeras en cumplirle un capricho… me subleva, porque comparo esta arbitrariedad con los miramientos con que tenemos que tratar las dueñas de casa a…

Josefa había desembocado, abruptamente y sin aviso, en un callejón sin salida del que se encargó de sacarla la propia Victoria.

—A las criadas. No, no te preocupes. La asociación de ideas no me ofende y sí me alegra enterarme de que el gremio servil ha ganado en dignidad y en privilegios.

—Ay, si tuvieras que tratar con ellas, maldecirías lo inútiles, lo abusivas y lo mugrosas que son. Con decirte que…

—Basta, Josefa. No siempre hemos de estar, como dijo el poeta, cegados por astros domésticos.

Josefa se repuso bruscamente avergonzada de haber hecho que descendiera tanto el nivel de la conversación.

—Lo único que quería decir es que no entiendo por qué Victoria soporta esta situación.

Victoria se volvió interrogativamente hacia Elvira:

—¿Tengo cara de víctima?

—A primera vista, quizá. Para una mirada superficial, inexperta, que ignore que las apariencias son engañosas… Pero no, ni aun así.

—Y, sin embargo —asentó Victoria con una tozudez imprevista—, yo nunca he querido ser más que eso: una víctima. Me horroriza la fuerza y prefiero padecerla a ejercerla. Pero tú también te equivocas, Josefa. Lo que me llevó, desde tan temprano, hasta Matilde, y lo que me ha mantenido junto a ella tantos años, a pesar de todo, no fue la abnegación. Fue el miedo.

—Pues escogiste un refugio muy precario.

—Juzgas ahora que la ves, castigada por las enfermedades, socavada por el sufrimiento, distraída ante la proximidad de la muerte.

—Pero la conocí al mismo tiempo que la conociste tú: en la plenitud de la edad, en la eclosión de su potencia creadora.

—¿Y no tuviste entonces el impulso irresistible de adherirte a ella, como la hiedra al tronco?

—Esas simbiosis son muy ambiguas y al cabo de cierto tiempo ya no aciertas a discernir quién sustenta a quién. Pero aunque en esa época yo ignorara esto, y todo lo demás, intuía ya oscuramente que esa fachada sin grietas, sin fisuras que Matilde mostraba al mundo estaba hecha de un material quebradizo y frágil a cuyo derrumbamiento yo no quería contribuir… ni presenciar.

—Pero lo que ha de ser, es: el destino te reservaba el espectáculo para hoy.

—Y tú ¿no pudiste adivinar… cuando aún era tiempo de huir?

—Yo tenía miedo. Ya lo he dicho.

—¿Pero miedo de qué?

—¡Cuántas veces intenté deslindar este campo, acotarlo, reducirlo a un límite exacto! Yo me sentía, en la adolescencia, como en el umbral de una casa desconocida, extraña y a la que, sin embargo, debía penetrar. En su interior iba a celebrarse una ceremonia acerca de la cual nadie me había instruido.

—Y en la que, forzosamente, tenías que participar.

—Sí, tenía que participar yo. De los otros no sabía nada. Carecía, además, de cualquier medio de averiguarlo. Pero me resultaba igualmente horrible confundirme con ellos y singularizarme, incorporarme a la multitud o permanecer sola, y oscilaba de un extremo al contrario con la recurrencia arrítmica de la angustia. Bueno, esto puedo formularlo ahora así. Pero entonces me limitaba a leer a Henri Bordeaux y a sentirme la protagonista de aquella novela suya que condensaba en su título mi problemática entera: "El miedo de vivir".

—Y lo que buscabas era la manera, no de traspasar el umbral —y convertirte en una mujer madura— sino de retroceder hasta entrar, de nuevo, al claustro materno.

—Ah, no, la alternativa es falsa. Yo sentía una repugnancia insuperable por aquella entraña oscura, viscosa, amorfa de la que me había desprendido. Pero no me compensaba ninguna atracción hacia el misterio al que naturalmente estaba volcada. Y escogí entonces una tercera vía: el acceso a un mundo ordenado, limpio, transparente; un mundo en el que no rigiera la fuerza sino la libertad; en el que nada recordase las pesadumbres ni las miserias de la carne…

—El mundo de la imaginación.

—Pero no tal como se aparece en los libros, tan impalpable, tan inasible. Yo lo quería encarnado en una persona.

—Di un personaje y serás más justa.

—Digo Matilde y no tendré necesidad de agregar nada más.

—¿Y de qué te puso a salvo?

—Por lo pronto, del contacto con los demás. Ah, qué revelación, qué espanto haberla conocido por primera vez. Me sacudió esa especie de vértigo que produce la contemplación del abismo en el que debemos, queremos, vamos a caer. Yo me abandoné a la fuerza de la gravedad y caí, caí… o me elevé. ¡Quién sabe! Estas experiencias son tan ambivalentes.

—Son las experiencias inefables por antonomasia. Para ayudarte voy a decirte cuál es mi versión profana de los hechos: desde el momento en que conociste a Matilde, en que te relacionaste con ella, te absorbió de un modo tan absoluto que cesaste de cultivar tus otras amistades.

—Ninguna podía resistir la comparación.

—Y menos aún nosotras, tus compañeras, esos esbozos mal pergeñados de escritoras, esas semillas en trance de germinar junto al árbol frondoso al que ya te habías asido… ¡Qué fastidio concedernos hasta ese saludo breve en el momento de entrar o salir de las clases!

—Bueno, tanto como fastidio…

—Sí, tenía que serlo. Era un gesto inútil y frívolo que, además, te apartaba de la contemplación de las esencias. Pero ahora soy yo la que divaga. Lo único cierto es que no fuimos amigas.

—Me di cuenta —observó Cecilia—, cuando mencionaron sus apodos. Usted, Victoria, le dijo a la periodista que las llamaban las vírgenes fuertes.

Victoria enrojeció como si lo que le importara a Cecilia fuera señalar una mentira y no una incoherencia.

—... y Elvira afirmó que las llamaban las tres parcas. Y las tres eran: Aminta, Josefa y la misma Elvira. Usted quedaba fuera del cuadro.

—Yo soy buena fisonomista y, sin embargo, cuando entré no la reconocí, no me dijo nada ni su cara ni su nombre —agregó, desde su somnolencia, Aminta.

—Durante los años que Victoria estuvo dentro de mi campo visual yo la observé con la curiosidad con que un astrónomo observa las evoluciones de un planeta remoto y excéntrico.

—En cambio, Josefa me veía con las pupilas contraídas de quien contempla algo turbio y con una fijeza, como si quisiera taladrar el espesor de mi cuerpo para descubrir, más allá, una imagen de Matilde concupiscente, de Matilde extraviada por sus pasiones, de Matilde vil.

—No, no es verdad —replicó sofocada ante la imposibilidad de probar su inocencia, Josefa.

—¿Por qué le atribuyes una malicia de la que la mayor parte de nosotras carecíamos? Quién más, quién menos, todas ignorábamos lo que se llama "los hechos de la vida". O estábamos mal enteradas, que era peor.

—No era desde esa perspectiva desde la que me miraba Josefa, sino desde la envidia. Sí, envidia. Hubiera querido ser ella la que ocupara ese lugar equívoco junto a Matilde, la que desempeñara el papel de menor corrompida o de Albertina prisionera.

—¡Deliras!

—¿Sí? ¿Negarás también que cuando volvimos a encontrarnos aquí, en cuanto te diste cuenta de quién era yo, me recorriste —de la cabeza a los pies— con el escrúpulo del que busca la moraleja de la fábula? Acechabas en mi rostro, en mis palabras, en mis gestos —tú, mujer irreprochable, esposa abnegada, fundadora de linajes—, la huella de la depravación y el castigo infligido por la justicia. Has quedado defraudada y tu virtud, que no conoce la generosidad, habrá de buscar su alimento en otra parte.

—Que sea en la que tú le prometiste —interrumpió con seriedad Elvira—. Flor natural, beca, los expedientes de rutina.

—No insistas. Acabo de descubrir en Victoria un rencor gratuito pero vivo e inextinguible. Me hará daño si puede y si me hace un favor será para humillarme. Yo no lo aceptaré nunca.

—No, aquí no se permiten melodramas, Josefa. Tú no vas a fungir como pequeño patriota paduano.

—Si fuera orgullo... pero yo nunca he sido orgullosa. Y menos con quienes son pobres vergonzantes. Como tú, Victoria. ¿Quién quería usurpar el lugar de la otra? ¿Quién iba a acertar a descubrirte a ti, eclipsada por Matilde? En cambio sobre mí convergían las luces de todos los reflectores. Declamaba en las veladas de fin de cursos desde niña; me acostumbré muy pronto a escuchar los aplausos, a oír mi nombre acompañado siempre de alabanzas, a oler el incienso de quienes me admiraban.

—Tu hada madrina te prometió que serías la undécima musa. Pero después se desató una epidemia tal de promesas semejantes que tuviste que aceptar tu numeración: enésima... y gracias.

—Debo reconocer mi deuda contigo, Josefa. Gracias a ti decidí no volver a escribir.

—¿Temiste la competencia?

—A decir verdad, sí. Temí ganarla. Ser como tú o más que tú, en la misma línea.

—Y corriste al regazo de Matilde para que te guardara de la tentación de la poesía.

—A la hora de hacer balance, es decir ahora, al final, afirmo y juro que no me arrepiento.

—¿Somos un ejemplo tan desolador?

—Por lo menos, si yo tuviera que empezar apenas, el espectáculo que ustedes me ofrecen no me alentaría. Pero han venido, inocentes palomas, a vender ates a Morelia. Yo he vivido con Matilde y no hay horror al que no la haya visto descender ni triunfo con el que no la hayan coronado. He visto a ese mascarón de proa, como dice Elvira, abrirse paso entre el oleaje embravecido y mantenerse a la deriva en alta mar porque la tierra firme la rechaza. No hay lugar para los monstruos. ¿Dónde colocarías tú uno, Josefa? ¿En la repisa de la chimenea? Asustarías a tus hijos, ahuyentarías a tus visitas. ¿Y tú, Elvira? ¿En los anaqueles de tu biblioteca? Devoraría tus libros. ¿Y tú, Aminta? ¿En el lecho? ¿Para que expulse a tus amantes?

—Si el monstruo es un amante satisfactorio podría organizársele un rinconcito —concedió Aminta, antes de volver a cerrar los ojos.

—Pero no lo es. Contra todas tus sospechas, antiguas o sobrevivientes, Josefa, un monstruo no es un amante. Es simple y llanamente un monstruo, oficio de tiempo completo. Se las arregla para cumplirlo a satisfacción en cualquier estado civil que adopte. Si es hijo, es un hijo desnaturalizado. Si es esposo es un esposo infiel. Si es amigo es un amigo egoísta. Si es padre es un padre irresponsable.

—Matilde podría acusarte de difamación.

—Pero no de calumnia. Un monstruo. ¿Qué se hace con un monstruo cuando han fracasado todas las tentativas de domesticación?

—Se le diviniza.

—¿No es lo que han hecho con ella? La condujeron en andas al altar, la hartaron de ofrendas y la cubrieron con un capelo de vidrio para que su contemplación no resulte peligrosa para la multitud… y también para que se asfixie más pronto. Sabedores de la proximidad del fin, los grandes sacerdotes la ungen ya con los últimos óleos y los embalsamadores se preparan.

—¿Y los buitres? —añadió Josefa—. ¿Y tú?

—Los buitres se congregan —respondió Victoria abarcando con una mirada a las presentes—. Y yo, yo que no soy más que un apéndice del monstruo, pereceré con él.

—Si fueras lógica, Victoria, no estarías tan satisfecha con la elección inicial que te ha conducido a este desenlace. Y no porque el desenlace esté próximo sino porque es el mismo del que tratabas de huir cuando te acogiste a Matilde. No hay sino una diferencia de grado y una delegación de funciones. Tú soltaste la pluma, incapaz de sostenerla en tus propias manos... para ayudar a Matilde a que la sostenga entre las suyas. ¿No es una cobardía absurda por inútil? Si la poesía te pareció un riesgo que no querías afrontar ¿por qué permaneciste en el ámbito en el que la poesía se crea, se atesora? ¿Por qué no te dedicaste a una actividad completamente ajena a ésta que te solicitaba como la boa solicita al corderillo al que va a devorar?

—No hallé ningún escudo que sirviera. ¿Y quién lo ha hallado, dime? ¿Tú, en el magisterio? ¿Josefa en su casa, que no es su castillo? ¿Aminta entre las sábanas? No, nadie, nadie puede tirarme la primera piedra.

—Nos juzgas como si también nosotras hubiéramos querido huir.

—¿No lo quisieron? ¿No lo intentaron nunca?

—No.

—Entonces ¿por qué no se entregaron por completo? ¿Por qué quisieron conservar sus rasgos humanos? ¿Engañar a los demás haciéndoles creer que eran iguales, que eran inofensivas, que no eran monstruos? Porque querían nadar y guardar la ropa. Querían tener ese calor de la compañía, del afecto; esa confianza con la que los demás se acercan entre sí, husmeando al que pertenece a su especie, buscando con quien emparejarse. Querían estar seguras, amparadas por su rango social y no se atrevieron a exhibirse en su desnudez última, en su verdad. Y como carecían de testigos y no se veían sino con sus propios ojos podían repetirse para consolarse: pero si esto que yo tengo no es más que una pequeña deformidad; pero si basta con un poco de maquillaje bien aplicado para disimularlo; pero si nadie lo nota. Y así se hurtaron a la soledad, al asedio de la admiración estúpida, del respeto hostil, del homenaje que siempre quisiera ser póstumo.

—¿Por qué debíamos imitar forzosamente el modelo de Matilde? Copiándola habríamos llegado, a lo más, a convertirnos en una caricatura que, como todas las caricaturas, pone de relieve los defectos del original sin captar ninguna de sus cualidades. Nosotras preferimos guiarnos por pálpitos, por intuiciones y por brújulas aún más caprichosas, aún más deleznables que éstas para lograr ser nosotras mismas.

—Lo que no siempre es fácil y casi nunca es plausible. Dime, Elvira, ¿qué podría haber sido yo misma?

—Eso nunca se sabe.

—Pero se puede calcular, prever, proyectar. En México las alternativas y las circunstancias de las mujeres son muy limitadas y muy precisas. La que quiere ser algo más o algo menos que hija, esposa y madre, puede escoger entre convertirse en una oveja negra o en un chivo expiatorio; en una piedra de escándalo o de tropiezo; en un objeto de envidia o de irrisión.

—¿Es eso Matilde?

—¡Sí! Y lo son ustedes y lo habría sido yo de no haberlo evitado oportunamente, pero en pequeña escala, en ínfima escala, como una de esas pulgas que la paciencia de nuestros indios viste y que la estupidez de nuestros mestizos admira y aplasta. Y no. Yo soy demasiado soberbia para aceptar un destino semejante. Yo quise representar el drama en un vasto escenario, alzada sobre unos enormes coturnos, oculta tras una máscara que amplifica mi voz.

—Y, para que el símil sea perfecto, los textos que pronuncias no son tuyos. Otro, otra los escribe, dicta las acciones, dispone los movimientos, arregla las coincidencias, teje la trama y la desteje. Cuando la otra se retira, cuando duerme, cuando muere ¿qué es de ti?

—Me borro, desaparezco, muero yo también.

—La abdicación total.

—La liberación absoluta.

—Y cuando la otra despierta, resucita, ordena...

—Yo obedezco. Y tú, dime, ¿no es verdad que cualquier yugo que nos imponga una criatura humana, aunque esa criatura sea Matilde, es más suave, más tolerable, que aquél con que nos unce la poesía? Por lo demás, en este juego de toma y daca yo me someto a la servidumbre de una sierva y, además, me convierto —por eso mismo— en una refutación viviente de sus ideas acerca de que la poesía es un bien irrenunciable. ¿Qué resulta entonces de mi sumisión sino un *non serviam* satánico a una potencia cuya divinidad queda en entredicho?

—¡Sofista!

—Y todavía puedo añadir algo más contra quienes dicen que quien no atiende a su vocación y no realiza su destino, muere. Yo no he atendido a mi vocación, al contrario, la desoí deliberadamente; yo no he realizado mi destino y yo no he muerto.

—Porque no has vivido.

—He vivido. ¡Y cuántas vidas! Las que se me ha dado la gana. Como siempre he actuado ante auditorios diferentes he podido ser, para unos, la secretaria eficaz e impávida; ante otros la pariente pobre y tolerada; ¿cuántos no han jurado y perjurado que yo no era sino la protegida en turno de Matilde? Yo he permitido que se insinúe que, tras este aparato de patrona y empleada, hay una inconfesable historia de juventud, una bastardía. He sido también, a sus horas, la compañera abnegada...

—...o la desaforada feminista —concluyó Cecilia.

—Pero tú misma te desmientes, Victoria. Eso no es vivir, eso es representar.

—Oh, qué más da. Por otra parte yo siempre he estado de acuerdo con los antiguos en que vivir no es necesario.

—Y yo sostengo que para tener acceso a la autenticidad es preciso descubrir la figura que nos corresponde, que únicamente nosotros podemos encarnar.

—Ya no bordemos más en el vacío. Por sus frutos los conoceréis, dice el Evangelio. ¿Dónde están los frutos, Josefa?

—Son flores —aclaró con indolencia Aminta.

—De ti no puede decirse ni siquiera eso —replicó Josefa a quien, para zaherirla, no se dignaba abrir los ojos—. ¡Lo que tú produces es estiércol!

—Entonces me justifico, puesto que trabajo para la posteridad. El estiércol es el mejor abono.

—Ahora me toca a mí —se adelantó Elvira—. Yo no voy a proyectar la irritación de mi fracaso...

—El fracaso es un exceso y tú no te excedes nunca. Yo diría más bien mediocridad —corrigió Aminta.

—Da igual. No voy a responsabilizar a nadie más que a mí misma de lo que he hecho. Tengo la capacidad de juicio suficiente para darme cuenta de su valor. Es escaso, discutible. Pero, aunque ese valor fuera nulo, yo me absolvería. Porque no he regateado nada de lo mío para entregárselo al poema. Di todo lo que tuve. Y procuré acrecentar mis dones para poder acrecentar mi dádiva.

—Has librado la buena batalla. Mereces, como reclamaba para ella Virginia Woolf, una primavera.

—Sería una primavera mexicana: voluble, acida, fugaz. Y sólo a veces, muy raras veces, templada y serena.

—Muy bien, señoras —concluyó abruptamente Aminta, puesta de pie, despabilada de nuevo—: una vez terminado este Juicio Final en el que cada una de nosotras fue alternativa o simultáneamente defensor, juez y verdugo, pero siempre reo, ¿no sería posible comer algo? Yo recuerdo, así, muy remotamente, como si esto hubiera ocurrido en una metempsicosis anterior, que se armó todo un revuelo alrededor de un arroz a la quién sabe qué. Sácame de una duda, Victoria: ¿existe aún ese arroz?

—Y está diciendo "cómeme".

—No podemos desoír esa voz. Es humilde pero inaplazable. ¡Y hemos oído tantas otras voces tan pedantes o tan falsas! La de la vocación, la de la fama, hasta la de la crítica.

—Yo voy a pedirles, en gracia de ese arroz, que me perdonen, como en las comedias antiguas los actores lo pedían a su público.

—¡No vuelvas a las andadas, Victoria!

—No. Prometo que, de aquí en adelante, las leyes de la hospitalidad serán observadas escrupulosamente.

—¿De qué te vas a disfrazar ahora? ¿De San Julián?

—Tenía que ser Josefa a quien se le ocurriera ese modelo. María Egipciaca también sabía recibir.

En el comedor charlaron aún con las frases entrecortadas por la masticación. Y rieron mientras bebían vino rojo. Y echaron sal, hacendosamente sobre el mantel cuando se derramó una copa.

La discusión se prolongaba, en sordina, durante la sobremesa bostezante. Y tal vez alguna quiso llorar —tal vez porque era la más fuerte— pero la sofrenaba el desvalimiento de las otras. Y las otras se aprestaron en vano a restañar esa herida invisible que nunca abrió los labios.

Cuando Cecilia y Susana volvieron a su cuarto iban exhaustas. Susana aprovechó, para bañarse primero, que Cecilia hubiera encontrado, sobre la mesa de noche, una carta de Mariscal.

Mientras rasgaba el sobre, que le daba a su ausencia la dimensión de la nostalgia, se abrió de golpe la regadera y oyó las exclamaciones sofocadas, de espanto y de placer, de Susana.

Estos rumores (y otros del mar) dificultaban a Cecilia la concentración en la lectura de unos párrafos escritos con la letra que conocía tan bien y que se eslabonaban en frases tiernamente irónicas, reclamo y rechazo a la vez, equidistancia, en suma.

La carta terminaba con lo que la había obligado a empezar, a seguir, a llegar hasta allí: con la noticia de que a Ramón le ofrecieron una beca para una estancia de un año en Europa y de que se había apresurado a aceptarla.

Estrujando el papel entre las manos Cecilia deseó ser él y partir, lejos, lejos, a cualquier parte y no regresar nunca.

Pero Cecilia no era él, era nada más ella, no sería jamás nadie más que ella y esta certidumbre le produjo una tristeza que no acertó a ocultar ante Susana. Pero a su interrogatorio ¿solícito?, ¿impertinente?, ¿rutinario?, no respondió más que como por enigmas, afirmando que lo que la había deprimido y hasta horrorizado era, quizá, haber descubierto su centro de gravitación.

Antes de entrar en el baño dijo de un modo deliberadamente casual:

—¿Tú crees que vale la pena escribir un libro?

Susana interrumpió la concienzuda operación de exprimirse una espinilla ante el espejo para contestar categóricamente.

—Creo que no. Ya hay muchos.

Índice